Benji Bruntel

en het teken van de Hunclis

Karin Erkens

© Karin Erkens, 2016

Tekst en illustraties: Karin Erkens

Een uitgave van de : De Letternar

ISBN: 978-90-8888-016-2

voor Benjamin

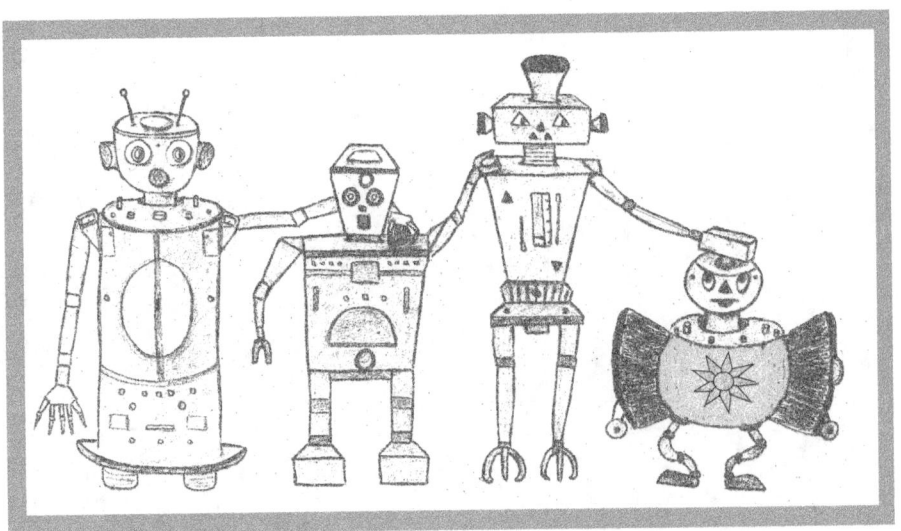

INHOUD

De puzzel

De rust is weergekeerd in huize Guldenaar. Benji doet goed zijn best op school en hij begint de gewoonten van de mensen goed te begrijpen. Hij valt niet meer op. Hij eet wat de anderen eten en doet er wat - als niemand kijkt - foets op. Hij moet er wel zuinig mee doen, want de foets begint op te raken. Fajel is er niet om het aan te vullen. Hij heeft Lalp nagekeken en gecheckt met het staafje. Hij kan er niet achterkomen waarom de robot op gegeven moment stil was en laat het zo. Er zullen voorlopig geen Gigons komen op Aarde, hoopt hij. Niemand, behalve Antonio, weet dat hij een buitenaardse jongen is. Zelf Peter, de vriend van Antonio weet het niet. De jongens praten nog vaak over hun avontuur in Uitje-Bol, stiekem als ze samen zijn. Zodra Peter op de proppen komt, stoppen ze met praten. Peter heeft wel door dat de twee samen een geheim hebben en hengelt dikwijls bij Antonio om antwoorden. Die zwijgt wijselijk. Peter wordt dan boos. Antonio blijft echter zwijgen.

Een maand na de gebeurtenissen heeft Antonio het adres van Fajel gevonden. Benji is door het dolle heen, want hij heeft zo vaak het adres op proberen te zoeken. Het is hem nog niet gelukt.
'Hoe kom je aan het adres?' vraagt Benji.
'Nou, gewoon, goed in de zoekmachine kijken,' zegt Antonio. Natuurlijk is Antonio handiger met internet dan hij. Met dat zwarte schijfje wat erop aangebracht is, gaat alles razendsnel.

De jongens gaan op een frisse lentedag op de fiets naar Weesdijk waar Fajel woont en bekijken het huis van onder tot boven. Aan de buitenkant, wel te verstaan. Ze lopen door de voortuin en bellen aan. Wie weet was Fajel er nog. Er werd echter open gedaan door een lange, slungelige man, met borstelige wenkbrauwen, een kromme neus en brede lippen.

Benji vertelt waar hij voor komt. De man, die Van Lippenstein heet, zien ze aan het deurplaatje, weet niet waar ze het over hebben. Hij kent Fajel niet. Hij heeft het huis gehuurd, een maand geleden. Fajel is dus echt vertrokken en niet van plan om snel terug te keren. Op zulke momenten voelt Benji zich weer eenzaam. Hoewel hij zich goed heeft aangepast bij de mensen, mist hij de Efins, vooral zijn vader en moeder. Hij zit met zoveel brandende vragen, dat hij het liefst terug zou gaan naar Piron. Dat gaat echter niet.

'Laten we het aan de buren gaan vragen,' oppert Benji.

Antonio vindt dat een goed idee en samen lopen ze met de fietsen aan de handen naar het huis van de buren en worden nagestaard door Van Lippenstein, vanuit zijn woonkamer. Ze zetten hun fiets neer en zien Van Lippenstein naar hen gluren.

'Die is ook nieuwsgierig,' zegt Benji.

'Hij zal willen weten wat we bij de buren doen,' zegt Antonio, terwijl ze door de voortuin lopen.

Ze trekken aan de ouderwetse bel die bij het bordje, W. Groen, hangt. Een tijdje later wordt er open gedaan door een oudere vrouw met een rollator. Ze kijkt de twee jongens argwanend aan.

'Mevrouw,' zegt Antonio, 'we willen wat weten over Fajel Bruntel, de vorige bewoonster van nummer twaalf. Het is namelijk de zus van zijn vader' en hij wijst naar Benji.

'O, die,' zegt de vrouw, en dan vriendelijk. 'Daar kan ik jullie alles over vertellen. Kom binnen.'

De oude vrouw sloft naar de keuken, gevolgd door de jongens en vraagt: 'Jullie willen vast wel limonade. Eens kijken of ik dat nog heb.'

Ze opent de koelkast en haalt daar een fles limonadesiroop tevoorschijn, pakt twee bekers en maakt limonade. Ze zet de bekers op haar rollator en loopt naar de woonkamer. De jongens volgen haar.

'Ga lekker zitten,' zegt ze en dat doen de knullen. Ze krijgen ieder een beker limonade. Na de eerste slok beseft Antonio dat de siroop over tijd is. Het drankje smaakt muf. Benji merkt het ook. Om de oude vrouw niet voor het hoofd te stoten drinken ze toch, zij het met kleine slokjes, de limonade op. Ze wachten rustig tot de vrouw gaat vertellen over Fajel, maar...

'Zo, dat smaakt lekker, toch?' vraagt de vrouw. 'Waar komen jullie eigenlijk voor?'

'Tante Fajel, de mevrouw die op nummer twaalf woonde,' zegt Benji.

'Oja, mevrouw Bruntel,' zegt de vrouw. 'De vrouw die bij een modehuis werkt. Daar had ze het erg druk mee, zei ze. Toch hielp ze me vaak. Ze deed boodschappen voor me en ze hielp met de plantjes in de tuin. Dat vond ze leuk om voor me te doen. Ik mis haar dan ook wel. Voordat ze weg ging, zei ze tegen me dat er iemand anders zou komen wonen. Die scheen ze goed te kennen.'

'Die mijnheer Van Lippenstein,' zegt Antonio.

'Nee, iemand anders,' zegt de vrouw. 'Ook een jonge vrouw, die zich meteen aan me voorstelde. Hoe heet ze ook alweer, eh. Dagir of zoiets en dan, eh, eh, ik weet het niet meer.'

'O!' zegt Antonio.

'O!' zegt Benji.

'Die was een paar dagen in dat huis en toen was ze verdwenen en kwam die nieuwe, die man,' zegt de vrouw. 'Hij heeft zich niet voorgesteld.'

'Dat is vreemd,' zegt Benji.

'Heel vreemd,' zegt Antonio.

'Ik weet ook niet hoe het zit,' zegt de oude vrouw. 'Willen jullie nog een bekertje limonade?'

'Nee, dank u, mevrouw,' zegt Antonio. 'We moeten weer eens gaan. Bedankt voor uw goede zorgen.'

Eenmaal buiten gekomen zien ze Van Lippenstein nog steeds voor het raam staan. Hier is wat vreemds aan de hand. Zullen ze nog naar hem toe durven gaan, om hem te ondervragen wat er aan de hand was. Nee, ze durven niet goed.

Onderweg vraagt Antonio: 'Die limonade was vies, hè? Misschien is de oude vrouw wel dement en heeft ze het verzonnen.'

'Antonio, Dagir is een vrouwennaam op Piron,' zegt Benji. 'Ondanks het feit dat de oude vrouw wat vergeetachtig is, denk ik dat ze wel degelijk de waarheid heeft gesproken. Waar is Dagir en wie is Van Lippenstein?'

'Die Van Lippenstein is een engerd,' vindt Antonio. 'Heb je die wenkbrauwen gezien en die kromme neus. Dan die brede lippen.'

'Hij heet niet voor niets Van Lippenstein,' grapt Benji.

'Ha ha ha, die is leuk,' zegt Antonio. 'Hij keek wel boosaardig.'

'Ik vind het ook een griezel,' zegt Benji.

Benji zwijgt. Hij is vast voornemens nog een keer naar het modehuis Mantel te gaan.

Intussen wordt het 16 april. Antonio is jarig en krijgt zijn gevraagde voetbal, een iphone en een heleboel nieuwe kleren. Van Benji krijgt hij een drone. Hij is wildenthousiast over de drone. Het is een kleintje. Leuk om mee te beginnen.

'Benji, dat is toch een veel te duur kado,' zegt Antonio. Benji schudt met zijn hoofd. Hij is spaarzaam en heeft het meeste van zijn zakgeld opgespaard. Het enige dat hij zo nu en dan koopt is een zak snoep, vooral nu de foets op raakt.

'Ik weet dat jij dat graag wilt hebben. Voor een 3-D printer heb ik geen geld. Voor deze drone wel,' zegt Benji.

'Laten we hem uit gaan proberen,' zegt Antonio en samen gaan ze naar de tuin.

Benji is niet enthousiast over de kwaliteit van de foto's van de drone, Trot doet het beter, maar hij zegt wijselijk niets. Antonio is van mening dat Trot erbij moet komen, om te vergelijken. Benji sputtert tegen. Uiteindelijk haalt hij Trot. Hij monteert het schijfje op het hoofdje van Trot, stelt hem in en gooit hem in de lucht. Tegelijkertijd laat Antonio zijn

Drone vliegen op gelijke hoogte. Even later vergelijken ze de foto's. Antonio heeft gewoon wat foto's gemaakt van boven de huizen. Ze zien zichzelf staan in de tuin. Trot heeft van de omgeving panoramafoto's gemaakt. Niet alleen van boven, ook van onder en van opzij. Dat is nog niet alles, want Benji kan met één klik naar de huizen een straat verder gaan, en met meerdere klikken nog veel verder.

'Tjee,' zegt Antonio. 'Daar is die drone niets bij.'

'Ik twijfelde om je dit uitgebreid te laten zien,' zegt Benji.

'Ach, wat maakt het uit,' zegt Antonio. 'Ik ben blij met mijn drone en ik heb niet zulke vergezichten nodig. Toch vind ik het jammer dat ik geen laptop heb gekregen met mijn verjaardag, al kan daar het zwarte schijfje niet op.'

'Natuurlijk wel,' zegt Benji. 'Het zwarte schijfje kan ik gewoon verplaatsen.'

'O, dat is mooi,' zegt Antonio. 'Sparen voor de laptop dan.'

De jongens spelen lachend verder.

Sven is vaak druk bezig met zijn werkzaamheden. Door de robot die hij heeft gekregen, ontwerpt hij nu een nieuwe verkeerstuin. Een robotverkeerstuin. Nieuwsgierig volgen Benji en Antonio de vorderingen. Het wordt een normale verkeerstuin, met zebra's, borden en stoplichten. De auto's worden anders. Ze krijgen een futuristische vormgeving. Sommigen worden rond, anderen ovaal. Ze krijgen een electrische motor. Overal komen robots. Ze lopen de zebrapaden over zonder stoplicht en ze rijden ook in auto's. Er is een politierobot en een stoplichtrobot. Sven wil dit ontwerp indienen bij de directie van Uitje-Bol. Hij hoopt daarmee dat er een nieuwe verkeerstuin komt. Er is nog genoeg plaats rondom alle ruimte-attracties voor zo'n verkeerstuin. Bovendien is hij met de robotklas, uit het ontwerp waarmee de jongens wonnen, bezig. Dat is voor het ruimtemuseum en daar heeft hij al toestemming voor gekregen. Hij laat de tekeningen zien.

'Dat is vetcool, paps,' zegt Antonio.

'Ja, toch?' vraagt Sven. 'Nu moet ik nog wat veranderen aan... Waar is mijn zwarte viltstift gebleven.'

Er liggen allerlei potloden en viltstiften op tafel, maar geen zwarte stift. Hij kijkt op de grond. Daar is ook niets te vinden.

'Daar!' zegt Benji en wijst naar een zwarte viltstift zonder dop, die in het hoekje van de kamer is gerold.

'Slordig van me,' zegt Sven. 'O, het dopje ligt nog op tafel. Nu moet je eens kijken, als ik de sprieten op hun hoofd ook zwart maak.'

'Veel beter, paps,' zegt Benji.

Hoewel de robots er op zijn planeet anders uitzien, wil Benji geen commentaar leveren. Hij vindt het best wat Sven er van maakt.

'Weet je dat Uitje-Bol volgend jaar ook van januari tot maart open gaat?' vraagt Sven. 'Vandaar dat jullie al die vragenlijsten moesten invullen.'

'Mooi is dat,' zegt Antonio. 'Dus we waren gewoon proefpersonen.'

'Zoiets, ja,' zegt Sven. 'Die paar dagen waren toch leuk, op de hoofdpijn na.'

Sven heeft de jongens beloofd in de zomervakantie een week naar Uitje-Bol te gaan. Voor Sven, als medewerker, is het daar erg goedkoop. De jongens willen slapen in het drakenkasteel. Dat is de meest luxe slaapplek van het hele park. Sven knipoogt. Hij zal dat wel regelen.

Op een vochtige lentedag, terwijl Antonio met zijn vriend Peter is gaan skateboarden, blijft Benji thuis. Benji houdt niet van skateboarden. Hij heeft het een paar keer geprobeerd. Ondanks zijn lenigheid maakt hij telkens een smak en wordt dan uitgelachen door de jongens, dus hij vindt er niets aan. Benji speelt met het amulet, het wapen van Sulsar, dat hij weer in elkaar heeft gekregen. Hij gooit hem in de lucht en vangt hem op tot het moment dat het ding op de grond valt. Een van de grote onderdelen valt eruit, een vleugel van een Irdanse dansvogel. Als Benji dit terug wil drukken, merkt hij dat de rest ook los zit. Hij drukt het bladvormige onderdeel terug en de rest zit vast. Nu wordt hij nieuwsgierig en met een klein mesje pulkt hij de bladvorm eruit. Het amulet valt op de grond. Nu liggen alle onderdelen los. Dat wordt puzzelen. Tijdens dit gepuzzel merkt Benji dat er van de bladvormen een andere vorm is te maken. De ronde vorm in het midden is het moeilijkste. De achterkant, daar vallen precies de bladeren in. Uiteindelijk komt er een nieuw patroon tevoorschijn dat sterk lijkt op het symbool van de Hunclis. Daar is zijn vader lid van. Benji is blij dat hij weer een geheim heeft ontdekt, al weet hij niet de betekenis ervan. Het wapen van Sulsar is al zeer lange tijd bekend en overdragen van vader naar oudste zoon of dochter in zijn geslacht. De Hunclis is, voorzover Benji weet, pas ontstaan vlak voor zijn

13

geboorte. Als Antonio thuis komt, laat Benji enthousiast zijn ontdekking zien. Ze fantaseren over de betekenis ervan.

'Misschien heeft je vader de Hunclis opgericht,' zegt Antonio. 'Waarom is hij dan geen baas over de Hunclis? Misschien heeft mijn over-over-over-grootvader stiekem de Hunclis opgericht.'

'Je vader zou toch hebben moeten weten dat het amulet zo kan worden omgebouwd. Is het geen geheim wapen?'

'Nou, vast niet. Ik heb het vastgeklikt en erop gedrukt. Het doet helemaal niets. Gelukkig, want dat zou gevaarlijk kunnen zijn. Zoiets zou mijn vader niet zomaar doen.'

'Het is wel grappig. Als je het nu draagt, dan denken Efins dat je een Hunclislid bent.'

'Ha ha, Efins. Waar zijn die dan? Volgens mij ben ik nu de enige Efin op de Aarde. Nee, ik draag het teken van de Hunclis niet. Ik ga hem zorgvuldig verstoppen en niemand, behalve jij, mag weten waar.'

Benji verstopt het amulet in een klein doosje achter een stapel boeken. Daar is het veilig. Daarna gaan ze naar beneden. Roos komt net thuis, moe van haar werk. Dan gaat de telefoon.

De verhuizing

Roos neemt op. Na wat nietszeggende woorden als 'ja', 'fijn', 'ik hoor het wel van u.' hangt ze op.

Ze zegt tegen Benji en Antonio: 'Dat was de makelaar. Hij gaat ons huis te koop zetten en een nieuw huis voor ons zoeken.'

'Wat? Gaan we verhuizen?' vraagt Antonio.

'Jawel, we gaan weg uit Grootendorst,' zegt Roos. 'We gaan dichter bij je vaders werk wonen.'

'O,' zegt Antonio.

'O,' zegt Benji.

Op een dag vraagt Benji aan Antonio: 'We zouden toch nog een keer naar modehuis Mantel gaan?'

'Ja, dat is ook zo,' zegt Antonio verveeld. Hij heeft het hele voorval van hun bezoek aan Fajels huis vergeten. Benji is het niet vergeten. Hij heeft er de hele tijd aan gedacht. Antonio heeft niet veel zin en met een zucht staat hij op.

'Mij best, Benji, maar ik denk niet dat we er veel wijzer van worden,' zegt Antonio.

Ze gaan op een zaterdagmiddag naar Amsterdam, want daar is ook het modehuis. Dat is een lange reistijd met de trein, wel twee uur. Ze vinden het modehuis in de stad. Het lijkt heel erg groot en het heeft een etalage. Daarin staan eenvoudige poppen, zonder gezicht. Ze hebben echter wel efinse kleding aan. Benji herkent het meteen.

Ze vergapen zich aan de kleding en Benji zegt: 'Die Leo Mantel moest eens weten.'

'Wat een prijzen!' zegt Antonio.

'Ja, dat zijn zeker prijzen,' antwoordt Benji. 'Vijfhonderd euro voor een blouse, zevenhonderdentachtig euro voor een broekpak, negenhonderdenvijftig euro voor een mantel. Dat kunnen wij niet betalen.'

'De winkel is dicht,' zegt Antonio. 'Zie je wel dat we er niets wijzer van worden.'

'Er hangt een bel,' zegt Benji. 'We kunnen aanbellen.'

Voordat Antonio er iets van kan zeggen, heeft Benji al op de bel gedrukt. Even later wordt er open gedaan door een man met een vreemde bos haar op zijn hoofd. Hij is gekleed op z'n Efins en hij geurt naar aftershave of is het parfum? Met vriendelijke ogen kijkt hij de jongens onderzoekend aan.

'Wij komen voor Fajel Bruntel,' zegt Benji.

'Fajel werkt hier niet meer. Die is vertrokken naar Canada.' zegt de man.

'Het is mijn tante en ik zou graag iets meer over haar te weten willen komen,' zegt Benji.

'Ze zou een opvolgster sturen, Dagir Vonvlist. Die is nooit op komen dagen. Inmiddels heb ik een andere adviseur aangenomen, die meegaat in de ontwerplijn van Fajel,' zegt de man.

'Dagir Vonvlist,' zegt Benji verbijsterd.

Ook de mond van Antonio is open gevallen. Ze weten even niet wat ze moeten zeggen.

'Wat wil je weten over je tante?' vraagt de man, die zich voorstelt als Leo Mantel.

'Eh, nou, wat ze bij u deed,' zegt Benji

'Nou, ze gaf me adviezen. Hoe ik mijn ontwerpen kon verfijnen. Kijk, ik kwam met een ontwerplijn van luchtige zomerkleding. Fajel heeft ervoor gezorgd dat de mouwen wijder werden, en er punten aan de rokken kwamen en hoe je de ontwerpen kon versieren met assecoires. Bovendien adviseerde ze over de stoffen,' vertelt Leo.

'Verder niets?' vraagt Benji.

'Nou, ze zocht ook naar klanten voor me, ze gaf me adviezen hoe ik dit het beste kon aanpakken. Tenslotte was de kledinglijn die ze had uitgezet nogal gewaagd voor mijn oude klandizie. Dus zocht zij naar nieuwe klanten. Na de modeshows die ik gaf, stroomden de nieuwe klanten, en ook de oudere, naar mij toe,' vertelt Leo.

'Nou, dan weet ik genoeg. Bedankt voor de informatie,' zegt Benji.

'Graag gedaan, hoor,' zegt Leo.

De twee jongens gaan weer weg.

'Nu weet ik zeker dat die Van Lippenstein niet klopt,' zegt Benji. 'Dagir Vonvlist, zo heet ze. Waar is ze?'

'We kunnen van de week even bij die Van Lippenstein langs gaan,' zegt Antonio.

'Nee, dat durf ik niet,' zegt Benji. 'Misschien is hij wel beheerst door de Gigons of een verrader. Ik vind het een enge man. We kunnen wel even langsgaan om te kijken of hij er nog steeds woont.'

Zo gezegd, zo gedaan. Later in de week gaan ze naar Weesdijk. Ze zien aan het naambordje dat hij er nog steeds woont. Ze zien hem verder niet. Voorzichtig kruipen ze door de tuin, om hun hoofden boven het woonkamerraam te steken. Ze kijken of ze hem zien. Het blijft stil in de woonkamer. Benji heeft Lalp meegenomen in de hoop dat hij gebrul laat horen, maar niets van dat alles. Dan zien ze Van Lippenstein ineens de woonkamer in komen. Benji's hart gaat sneller kloppen. Snel kruipen ze naar hun fietsen en stappen op. Benji kan het niet laten om naar de woning te kijken en ziet Van Lippenstein uit het raam kijken.

'Hij weet het,' zegt Benji, terwijl ze snel weg fietsen.

'Wat weet hij?' vraagt Antonio.

'Dat we hem spioneren,' zegt Benji.

'Nou en!' zegt Antonio.

Antonio heeft gelijk, nou en! Het blijft Benji dwars zitten. Wat is er toch aan de hand?

Sven en Roos komen later in de week enthousiast thuis. Ze zijn huizen gaan bekijken en het lijkt erop dat ze iets hebben gevonden.

17

'Jongens, het is fantastisch. Het is dicht bij vaders werk. Het heeft zonnepanelen. Het ligt vlak bij het bos. Er is een zwembad in de buurt,' zegt Roos.

'Zwembad, puh, hebben we hier ook. Krijgen wij dan een grotere kamer?' vraagt Antonio.

'Ja, de kamers zijn groter,' zegt Sven. 'Er is ook een grotere tuin. In het midden van de tuin staat een grote boom en daarin is een spannende boomhut gebouwd door de vorige bewoners.'

'Wauw!' zegt Antonio. 'Hoor je dat, Benji. Een boomhut. Dat is cool! Mogen we daarin slapen?'

'Nou,' zegt Roos aarzelend, 'daar is het vast niet voor bedoeld. We zien wel. We gaan dit weekend met z'n allen nog een keer het huis bekijken. Daarna beslissen we of we het gaan kopen.'

Er staat dus een spannend weekend voor de deur. Een nieuw huis, een andere omgeving. Antonio kan bijna niet wachten. Benji is minder blij. Hij is nu net gewend aan de omgeving, aan de school. Dat moet straks allemaal opnieuw.

De zaterdagochtend vertrekken ze vroeg. Antonio vertelt voluit over zijn plannen. Hoe hij zijn nieuwe kamer ingericht wil hebben en dat hij een geheime club wil organiseren die kan vergaderen in de boomhut. Het is zeker twee uur rijden naar het nieuwe huis. Ze staan bovendien lang in de file. De stad waar ze doorheen rijden is druk en ook daar moeten ze vaak voor stoplichten wachten. Het nieuwe huis ligt in een buitenwijk, tegen het bos aan. Het zijn rustige straten en er spelen veel kinderen buiten. Antonio weet niet wat hij ziet als ze stoppen voor een huis. De makelaar begroet hen. Het zijn moderne huizen, er is een grote woonkamer en een hele nieuwe, open keuken. De tuin is groot. Er staat een tuinhuisje en er is een vijver. Ook de planten staan er keurig bij. In het midden van de tuin staat een boom met een hut erin.

'Mogen wij daar naar toe?' vraagt Antonio.

'Nee, eerst gaan we het hele huis bekijken,' zegt Sven.

Op de eerste verdieping zijn twee grote kamers en nog een kleinere en een badkamer. De badkamer is van alle gemakken voorzien, met een rond ligbad en een aparte douche. Op zolder is nog een hele, grote kamer. Deze bevalt Antonio het beste. Er zijn twee ingebouwde bedsteden naast elkaar, met een kastje ertussen met twee deurtjes. Als ze de deurtjes tegelijkertijd openen kunnen ze elkaar zien.

'Dan kunnen we samen slapen, Benji,' zegt Antonio.

Benji knikt. De zolder is groot genoeg en ze hebben geen geheimen voor elkaar.

'Als paps het niet wil hebben,' zegt hij.

Sven heeft ruimte genoeg op de eerste verdieping, waar twee extra kamers zijn. De eerste kamer is zelfs zo groot, dat het hele miniatuurtafereel uit Uitje-Bol erin past en zijn tekentafel. Ze rennen terug naar beneden en hoewel de ouders de kinderen waarschuwen dat de boomhut eerst nagekeken moet worden, klimmen de kinderen de ladder op.

'Zo, da's een grote boomhut,' zegt Antonio, terwijl hij binnen gluurt.

Hier kan hij, met vrienden, grote vergaderingen gaan houden. Hij ziet het wel zitten. Sven en Roos zijn tevreden. Benji blijft voorlopig toch wel bij hen. Ze hebben een ander detectivebureau, Frans de Vries Speurneus, de opdracht gegeven naar Aurek te blijven zoeken. Antonio ziet het ook wel zitten. Benji twijfelt nog. Niet omdat hij het huis niet mooi vindt, maar omdat hij niet van veranderingen houdt. Toch laat hij daar weinig van merken.

Ze kopen het huis, dan beginnen de verhuisperikelen, terwijl ze hun andere huis nog moeten verkopen. Dat lukt sneller dan verwacht.

De eerste nacht op zolder is voor de jongens heel bijzonder. Benji stopt de agenda met het weetschijfje en de robots in het kastje bij de bedstede. Hij weet dat het daar niet veilig genoeg ligt, ook al kan hij het kastje afsluiten. Hij zou een kluisje

19

moeten kopen, ook voor het amulet, die nu het teken van de Hunclis voorstelde.

De volgende dag spelen ze veel met de boomhut. Voor de boomhut, op een boomstam zittend, pakt Benji Lalp, de enige robot die hij bij zich heeft. Hij moet nog proberen Lalp aan de praat te krijgen, dus hij haalt de borstkas van de robot eraf. Dan ziet hij een soort bladvorm en gaat hem een licht op. Hij haalt het teken van de Hunclis uit zijn kamer en kan het precies in de bladvorm drukken. Nu begint Lalp te praten via zijn mond, in de efinse taal.
'Wat doe je?' vraagt Antonio.
'Ik doe niets, ik heb het amulet op hem gedrukt. Stil eens.'
Benji luistert aandachtig. Antonio kan de taal niet verstaan.

Na een tijd zwijgt Lalp. Benji kijkt ernstig.

'Wat is er gezegd?' vraagt Antonio.

'Alles over de Hunclis,' zegt Benji. 'Het is inderdaad opgericht door mijn vader en een vriend. Er zijn zeven Efins die voor de Hunclis werken. Het is een aparte, zeer geheime organisatie. Het heeft niets te doen met het werk van mijn vader op Piron. Ze proberen het verraad van sommige Efins te neutraliseren, om te voorkomen dat de verradende Efins en de Gigons onze planeet gaan overnemen. Waarom moet ik dit weten?'

'Toeval!' zegt Antonio meteen. 'Het is gewoon toeval.'

Op dat moment horen ze schreeuw.

Aurek Bruntel?

Ze snellen naar beneden en rennen het huis binnen. De schreeuw komt van Sven. Hij is bezig om iets op te hangen. Hij heeft met de hamer op zijn duim geslagen.
'Dat is ook een veel te kleine hamer, paps,' zegt Antonio.
'Zeur niet,' zegt Sven, terwijl die op zijn duim zuigt. 'Ik weet niet waar die grote is.'
'Ik wel,' zegt Antonio. Hij rent naar boven en komt even later weer terug met de grotere hamer.
'In de tweede doos met de gereedschapsspullen,' zegt Antonio trots.
Dankbaar neemt Sven de hamer van zijn zoon over en gaat verder met zijn werk. Ze zien dat hij langzaam en goed werk verricht.

Overdag gaan ze nog naar hun oude school, pas na de grote vakantie gaan ze naar hun nieuwe school, dus het is elke dag twee uur heen en twee uur terug reizen met de bus. Gelukkig is het bijna vakantie. Benji zit nog steeds te piekeren over Fajel en Dagir en probeert – tegen beter weten in – het telefoonnummer van Fajel. Er wordt niet opgenomen.
Regelmatig gaat hij met Antonio of alleen naar Weesdijk en kijkt of Van Lippenstein er nog woont. Soms zien ze hem, soms niet. Soms ziet hij hen ook en kijkt hen dan doordringend aan. Een enge, nare man, dat vinden de jongens van hem.

In het weekend gaan de twee jongens in hun nieuwe woonplaats naar de binnenstad. Daar is een warenhuis. Daar gaan ze heen, naar aanleiding van een reclamefolder, waarin goedkope kluisjes staan. Op de tweede verdieping bekijken Antonio en Benji games. Benji vindt er nog steeds niet veel aan. Hij ziet een virtual reality bril en vraagt zich af of dat een beter beeld zou geven. Iets wat hij vanuit zijn eigen planeet kent.

'Veel te duur,' constateert Antonio.

'Ja, te duur,' zegt Benji. 'Ik moet nog even voor een kluisje gaan kijken.'

Dat is op de derde verdieping. Ze pakken de roltrap naar boven en ineens ziet Benji het. Zijn echte vader, Aurek Bruntel, die de roltrap naar beneden neemt.

'Papa!' roept hij.

De man reageert niet. Antonio ziet hem en herkent hem ook. Ze rennen de roltrap op en nemen meteen de roltrap naar beneden en zien tot hun verbazing dat Aurek Bruntel weer naar boven gaat. Hij doet net of hij ze niet kent.

'Ik begrijp het niet!' zegt Benji. Ze rennen de roltrap af, pal langs andere mensen, en gaan weer naar boven. Ze zien Aurek Bruntel bijna bovenaan de roltrap. Hij kijkt achterom en gaat dan rennen. Benji en Antonio rennen ook de roltrap op. Eenmaal boven gekomen, is Aurek Bruntel nergens te bekennen. Ook op de roltrap naar beneden is hij niet.

'Misschien was het hem niet, leek hij er alleen op,' zegt Antonio.

'Hij ontvluchtte ons,' zegt Benji. 'Hij was het wel! Ik begrijp niet dat hij wegliep.'

'Misschien is hij wel bezig met zoiets geheims, dat niemand dat mag weten. Mogelijk wil hij niet gestoord worden door zijn zoon.' zegt Antonio.

'Hoe kan hij dat nu doen?' vraagt Benji zich af.

Hij is fors teleurgesteld. Hij koopt met gemengde gevoelens een kluisje, de aanbieding in de folder is al uitverkocht, en komt tot de ontdekking dat dit hem al zijn resterende zakgeld kost.

Die avond begint hij weer te piekeren. Was het Aurek wel? Was het toeval dat de man weer naar boven ging? Of misschien merkte hij wel dat hij gevolgd werd door de jongens en vond dat vervelend, als vreemde man. Hij twijfelt. Ergens, diep in zijn hart, weet hij dat het Aurek was. Dat kan niet. Het kan zijn vader niet zijn. Die is op Piron, gevangen bij de Gigons of al dood. Of is hij ontsnapt? De kluis heeft hij in het kastje gestopt en daarin zitten het weetschijfje en het teken van de Hunclis in verborgen. Tegelijkertijd beseft hij dat het geen zin heeft zo. Een dief kan het kluisje zo meenemen en op zijn gemak thuis openen. Hij zou de kluis in moeten laten metselen.

'Misschien kan paps het doen,' zegt Antonio de volgende dag. Sven kijkt vreemd op bij het verzoek.
'Wat moet jij nu met een kluisje?' vraagt hij nieuwsgierig.
'Nou, voor mijn zakgeld,' zegt Benji.
'Voor je zakgeld! Dat kun je ook gewoon op een rekening storten, Benji,' vindt Sven. 'Goed, zodra ik de tijd ervoor heb, zal ik eens kijken naar een leuk plekje. Immers, er moet nog wat aan dit huis gebeuren ook.'
Dat was waar. Sven is bezig de kamer gereed te maken voor de maquette van Uit-je-Bol. Hij heeft twee weken vrij gevraagd en gekregen. Die maquette moet helemaal weer opgebouwd worden. Daarnaast moet hij nog veel aan de tuin doen. Roos wil een romantisch zitje bij de vijver en een prieeltje. De tuin is groot genoeg. Hij vindt echter de tijd om het kluisje in te bouwen. Hij vindt het geen goed idee om de kluis in de boomhut te bouwen. Hij ziet wel wat in de kast in het midden van de bedstee.
'Dan kunnen we daar niets opbergen,' protesteert Benji.
'We kunnen elkaar ook niet meer zien,' zegt Antonio.
'Jawel,' zegt Sven. 'Ik monteer hem zo, dat de deurtjes blijven zitten en via de onderkant kunnen jullie elkaar blijven zien en daar ook nog wat opbergen.'
Dat vinden de jongens goed. Eenmaal klaar valt de ruimte aan de onderkant wat tegen. Achter de kluis heeft Sven een vakkenkastje gemaakt, voor de boeken. De kluis hangt aan de bovenkant van de kast en aan de voorkant, waar ook de deur van de kluis zit, is het afgesloten met een Starwarsposter in

een lijst. Benji is blij met deze oplossing. Antonio vindt het wat minder. Nu kan hij al zijn spullen niet kwijt en schuift een paar dozen onder zijn bed.

'Het weetschijfje, de robots en het teken van de Hunclis zijn nu tenminste veilig,' zegt Benji, als Sven de kamer heeft verlaten.

'Net of iemand dat wil jatten,' zegt Antonio.

Benji zwijgt. Hij verwacht wat meer steun van Antonio. Die weet immers ook van de vreemde verdwijning van Dagir Vonvlist en de ontmoeting met zijn vader en de planeet Piron. Antonio heeft allang de introductie van Piron op zijn computer overgeslagen. Benji kijkt er elke keer naar. Dat zwarte schijfje dat hij op de computer heeft gezet, doet zijn werk. Antonio is het avontuur zat en denkt er niet meer over na, terwijl het in Benji's gedachten vast zit geklonken. Hij denkt bijna nergens anders over en zijn schoolwerk begint er zo onder te lijden, dat mevrouw Klot, die weer beter is, Sven en Roos laat komen.

'Benji, je moet beter je best doen, anders blijf je zitten,' zegt Roos.

Benji knikt. Kon hij zich maar beter concentreren en niet zo vaak aan de verdwijning van Dagir Vonvlist en de ontmoeting met zijn vader denken. Antonio probeert hem op te monteren.

'Waarschijnlijk is er niets aan de hand met de verdwijning van die Dagir. Van Lippenstein kan wel iemand van de Hunclis zijn,' zegt hij.

'Dat is het! Dat hebben we hem niet gevraagd,' zegt Benji. 'Laten we dat snel gaan doen.'

'Daar gaan we weer. Wat kan jou het schelen?' vraagt Antonio.

'Heel veel,' zegt Benji. 'Toe, ga mee.'

Antonio schudt met zijn hoofd. Hij wil niet meer mee naar die enge vent. Er zit voor Benji niets anders op dan alleen te te gaan.

Eenmaal in Weesdijk aangekomen, drukt hij met bonzend hart op de bel. Het naambordje hangt er nog steeds. Na een tijdje wordt er open gedaan. Van Lippenstein staat met fronzende wenkbrauwen in de deuropening.

'Wat moet je, vlegel,' begint hij meteen. 'Jullie zijn mij aan het bespioneren, niet?'

'Nou, eh, eh, ik vroeg me af, of u iets weet van de Hunclis,' stamelde Benji.

'De Hunclis?' vraagt de man.

'Aurek Bruntel,' zegt Benji.

De man kijkt links en rechts rond en zegt dan: 'Kom binnen, knul.'

Dat is waar Benji bang voor is, dat de man hem binnen zou vragen. Eenmaal binnen is er geen weg meer terug en Antonio is er niet om hem te helpen. Aan de andere kant, mogelijk wist deze man wel iets.

'Kunt u het niet buiten zeggen?' vraagt Benji.

'Nee, dat gaat niet,' fluistert de man.

Benji wilde net naar binnen stappen, toen hij een stem hoorde.

'Benji, Benji.'

Hij kijkt om en ziet Antonio aan komen fietsen.

'Ik ben toch gekomen,' zegt Antonio.

Intussen heeft de man de deur voor de neus van Benji dicht gedaan.

'Wat zullen we nu hebben, hij heeft de deur gewoon gesloten,' zegt Benji, 'toen jij aan kwam rijden.'

Benji legt Antonio uit hoe het gesprek verliep en dat hij net op het punt stond het huis binnen te gaan.

'Toen ik aan kwam, werd het hem te heet onder de voeten,' zei Antonio.

'Of hij wil geen anderen erbij,' zegt Benji. 'Weet je wat, we bellen gewoon nog een keer aan.'

Dat doet Benji. De deur wordt niet geopend. Ook na herhaaldelijk bellen blijft het stil. Ze keren tenslotte terug.

27

Benji en Antonio weten zeker dat de man meer weet van de zaken.

Op zijn kamer blijft Benji piekeren. Die Van Lippenstein weet meer van Aurek en de Hunclis. Hij wil dat hij ook meer van de Hunclis weet. Hij kijkt naar de robot Lalp, die er eenzaam bij staat. Dan neemt hij een besluit.

Het kado

Benji wil toch nog een keer horen wat het teken van de Hunclis in Lalp heeft te vertellen. Wellicht zit er een verborgen boodschap in. Hij doet zijn kastdeurtje open. Sven heeft het kluisje keurig netjes weg gewerkt tussen houten plankjes. Aan de voorkant hangt de poster in een lijstje en als hij die weghaalt - hij moet het los schroeven - dan komt de voorkant van het kluisje tevoorschijn. Hij toetst de code in en even later kan hij het teken van de Hunclis pakken. Hij pakt Lalp, opent zijn buik en stopt het teken erin.

Tot zijn verbazing krijgt hij nu hele andere dingen te horen over de Hunclis. Het is de bedoeling, hoort hij in de efinse taal, dat de leden van de Hunclis, tussen de Aarde en Piron heen en weer reizen. Dat duurt slechts een maand heen of terug met de supersnelle ruimteschepen van de Efins. Dit om alle verraders op te sporen. Die verraders zitten ook op Aarde, omdat ze daar hun snode plannen smeden. Leden van de Hunclis onderhouden wel contacten met de mensen op Aarde. Ze proberen niet al te veel op te vallen en zeker niet te laten merken dat ze buitenaards zijn. Hij kijkt verbaasd, pakt het teken eruit en vraagt zich af hoe dit mogelijk is. Dan gaan hem een licht op. Alle bladeren zijn immers gelijk en als het teken draait dan komt er een andere tekst. Hij duwt hem snel een blad verder en pakt pen en papier. Het werkt, telkens als hij een blad verder op Lalp's houder duwt komt er een nieuwe tekst. Negen in totaal. Zo komt hij erachter dat de personen die bij de Hunclis horen namen hebben, een efinse naam en een aardse naam. Enkele kent hij al; Aurek Bruntel-Sulsar, Fajel Bruntel-Devlon, Dagir Vonvlist-Petron. De anderen kent hij niet: Berdo de Bruine-Valkor, Cezor Plugge-Kardif, Noros Terlaar-Bunirs en Tabli Kelperboer-Cecins. De naam Van Lippenstein komt niet voor. Hij komt erachter dat ze wisselende, op elkaar aangepaste diensten draaien. Omdat nu de zaken uit de hand gingen lopen, waren al de regels niet meer

geldig. Ze waren dringend op zoek naar uitbreiding van de Hunclis. Dat was echter moeilijk. Aurek is erachter gekomen dat zelfs bij zijn eigen regering, waar hij voor werkt, een verrader zit. Hij weet nog niet wie. Benji hoort van allerlei zaken die geheim moeten blijven, die nu besproken worden. Zo is Fajel bezig met het ontmaskeren van verraders bij modehuis Mantel. Dat is nog niet zo gemakkelijk, want zelfs zij kan Efins en mensen niet zomaar onderscheiden. Aurek Bruntel was bezig met het ontwerpen van achtbanen. In zijn vrije tijd keerde hij vaak terug naar Piron, om daar te werken aan zijn ontwerp om de Gigons te bestrijden. Noros Terlaar was wereldwijd bezig om verra-dende Efins op te sporen, dat deed hij als zakenman, en uit te schakelen. Dagir Vonvlist was al een keer op Aarde aangekomen, om de brandstof te verfijnen, waarop de Efins hun ruimteschepen laten vliegen. De rest verleende hand- en spandiensten. Niet vergeten moest worden, dat de Efins al jaren onderzoek op Aarde deden, al lang voordat de Gigons boosaardig werden. Ze gingen, gestuurd door de regering, met een hele ploeg. Uiteindelijk, toen Aurek ontdekte dat er een verrader in zijn eigen regering zat, stichtte hij samen met zijn vriend Cezor Plugge de Hunclis. Aurek en Cezor zijn collega's, bij de regering. De anderen zijn vrienden van de twee. Benji heeft het hele teken afgeluisterd en hij is blij. Die namen kan hij proberen op te sporen, om zo in contact te komen met leden van de Hunclis. Dan hoort hij Roos op de trap. Snel stopt hij de spullen weg en pakt een leerboek tevoorschijn. Roos vraagt hem of hij komt eten. Nou, hij lust wel een hapje. Antonio is net thuis, hij was een dagje bij Peter. Benji had geen zin om met hem mee te gaan. Na het eten, op de zolderkamer, vertelt Benji aan Antonio wat hij heeft ontdekt. Antonio's reactie is lauw.
'Ja, nu weet je alles wel over de Hunclis. Wat moet je ermee?' vraagt Antonio. 'Het is veel spannender op zelf zoiets op te richten. In de boomhut vergaderen we. Peter wil meedoen.'
'Ik kan toch proberen erachter te komen van wie de namen

zijn,' zegt Benji. 'Jij helpt wel mee, toch?'

'Dat duurt veel te lang. Bovendien, ik moet ook nog het een en ander leren,' vindt Antonio.

Benji perst zijn lippen op elkaar. Was de samenwerking met Antonio eerst nog goed, nu zit er een kink in de kabel. Gelukkig mag hij van Antonio's computer gebruik maken, als die er niet op werkt of speelt. Hij zoekt zich een ongeluk in allerlei zoekmachines naar de namen. Hoewel hij een boel C. Plugge's heeft, kan hij niet zien of er een Cezor bij zit. Die zou hij dan allemaal af moeten bellen en zoveel beltegoed zit er niet op zijn telefoon. Gebruik maken van de vaste huistelefoon zou ook opvallen. Uiteindelijk vindt hij de naam Tabli Kelperboer. Die zou hij eens kunnen bellen. Hij maakt een briefje en stopt dat in zijn zak. Later zou hij bellen, het was nu te laat.

De volgende dag komt er niets van. Roos en Sven houden een groot tuinfeest met nieuwe en oude buren. Ook Peter komt en al snel duiken de jongens in de boomhut. Daar begint Antonio over zijn groep geheimagenten. De jongens spelen mee. Zo observeren ze de bezoekers vanuit hun hut en hebben een verrekijker bij zich waarmee ze koekeloeren.

'Kijk,' zegt Antonio, 'dat zijn de buren van nummer zesentwintig, dat is hiernaast. We kennen hen nog niet zo goed. Vinden jullie ze niet verdacht?'

'Verdacht, hoezo?' vroeg Peter.

'Nouja, hij met die dikke buik en zij met haar blonde krullen,' zegt Antonio, en vervolgt: 'O, daar komen de oude buurtjes binnen. Die hebben een heel pakket bij zich. Wat er in zit laat zich raden, heleboel flessen wijn.'

De mensen geven het pakket aan Sven en die kijkt vrolijk naar het naamkaartje.

'Benji,' roept hij. 'Een pakketje voor jou!'

Terwijl Benji naar beneden klimt, zegt Antonio: 'Dat is heel verdacht, een pakket voor Benji.'

31

Het pakketje is al enige tijd geleden door de post afgegeven bij de oude buren. Het blijkt heel licht, ondanks dat de vorm doet denken aan veel flessen. Benji scheurt nieuwsgierig het stevige papier los en houdt even later een kegelspel in zijn handen. De onderdelen zitten aan elkaar, want het is magnetisch. Het is van Fajel. Er zit ook een briefje bij: "Wees zuinig met dit spel. Let goed op!, Fajel!" Hij vraagt aan de oude buurtjes wanneer dit pakje bij hen afgegeven was.
'Ongeveer drie weken terug, denk ik,' zegt de buurman.

Dat betekent dat Fajel weer terug op Aarde is. Benji voelt vreugde in zijn hart. Als hij Fajel weer te spreken krijgt, dan zou hij haar vele vragen kunnen stellen. Misschien zou zij wel de spullen in bewaring willen nemen en hij minder gevaar lopen, want hij denkt dat de vijanden het weetschijfje willen hebben en denken dat hij hem heeft, wat ook zo is. Hij zou kunnen vragen naar Dagir. Inmiddels moest Fajel toch ook weten dat ze verdwenen was. Hij zou kunnen vertellen dat hij zijn vader mogelijk had gezien. Hij zou ook kunnen vragen naar een zak foets. Inmiddels is Antonio naast hem komen zitten om het spel te bewonderen.

Antonio neemt een kegel in zijn hand en zegt: 'Dat is vreemd, er zitten allemaal groeven in.'

Peter komt erbij. Niet lang daarna proberen ze het uit. Het is grappig, als de bal dicht in de buurt bij een kegel komt, klinken ze aan elkaar door de magnetische werking.

'Puh, niks aan, dat spel,' zegt Antonio na een tijdje. 'Ik wou dat ik een kadootje had gekregen, een hondje, ofzo.'

'Wat moet je nu met een hondje?' vraagt Benji.

'Ik heb wel eerder een hondje gehad, Pral. Die is dood gegaan. Het lijkt me leuk, een hondje!' zegt Antonio.

'Ja, dat lijkt mij ook wel leuk,' zegt Peter.

Ze zien niet dat er iemand verborgen zit in het struikgewas en alles gehoord heeft.

Als het bezoek vertrokken is, trekt Benji zich terug in zijn kamer. Peter blijft slapen en speelt nog met Antonio buiten. Benji belt eerst Fajel. Waar zou ze nu wonen? Niet bij Van Lippenstein, toch? Of misschien ook wel? Ze zochten toch uitbreiding bij de Hunclis. Mogelijk hoort die Van Lippenstein er wel bij, denkt hij. Al wat hij krijgt te horen is een 'tuut, tuut, tuut.' Dan probeert hij het nummer van Tabli Kelperboer. Er wordt meteen opgenomen, een jong klinkende vrouwenstem aan de lijn. Benji is even verbouwereerd. Hij verwachtte niet dat er zo snel werd opgenomen.

'Dag, u spreekt, eh, met Benji,' zegt hij stamelend. 'Benji Bruntel, zoon van Aurek!'

Het blijft aan de andere kant stil. Heel stil. Dan zegt de vrouwenstem: 'Dag Benji, hoe kom je aan mijn naam, aan mijn telefoonnummer?'

'De naam van u, van het teken van de Hunclis,' zegt Benji. 'Het telefoonnummer heb ik zelf opgezocht. Ik moet u spreken.'

'Dan doe ik liever niet per telefoon. Ik woon in Groningen,

kun je naar mij toe komen?'

Oei, dat is een hele reis, een hele onderneming voor Benji en alsof ze zijn gedachten kan lezen vraagt ze: 'Nee, dat is te ver weg voor je, niet? Je klinkt nog erg jong. Ik kom wel naar jou toe. Waar woon je?'

Benji vertelt zijn adres.

'Ik kom volgende week, op een zaterdag, naar je toe,' belooft ze. 'Dan ben ik er om tien uur. We spreken buiten af. Jij en ik. Ik zit dan in een rode auto, geparkeerd vlak bij jullie huis. Is dat goed?'

'Dat is meer dan goed!' zegt Benji blij.

Hij is door het dolle heen. Eindelijk heeft hij dan contact met iemand van de Hunclis, iemand die hem helpen kan.

Drimmel

Hij vertelt het de volgende dag tegen Antonio, als Peter naar huis is.

'Goh,' vraagt Antonio, 'mag ik erbij zijn?'

'Ik weet het niet,' zegt Benji. 'Ze zei nadrukkelijk ik en jij. Misschien is het beter als je er niet bij bent.'

Antonio kijkt sip. Benji heeft geen medelijden met hem. Tenslotte heeft Antonio hem in de steek gelaten. In de aanloop naar zaterdag probeert Benji regelmatig Fajel te bellen. Hij belt ook met modehuis Mantel. Tevergeefs. Hij gaat naar Weesdijk en observeert langdurig het huis op nummer twaalf. Er hangt nog steeds een naambordje met Van Lippenstein. Hij ziet hem niet. Ook Fajel ziet hij niet.

Dan breekt de bewuste zaterdag aan. Vol spanning kijkt hij uit het raam, of hij al een rode auto ziet. Om kwart voor tien gaat hij naar buiten en loopt heen en weer. Om precies tien uur draait er een rode auto in de straat en stopt enkele deuren verder dan het huis waar hij woont. Hij ziet dat Antonio uit het raam kijkt. Met een kloppend hart loopt hij naar de rode auto. In de auto zit een jonge vrouw. Ze ziet er aards uit, met aardse kleding aan. Haar blonde haar is in een staart gebonden.

'Tabli?' vraagt hij en ze knikt.

Hij stapt in en ze gaan een eindje rijden. Benji vertelt haar alles, over het amulet, over het weetschijfje, over zijn vader op de roltrap, over Dagir, over Van Lippenstein. Tabli hoort het zwijgend aan.

'Het ziet er naar uit dat Fajel inderdaad weer terug op Aarde is,' zegt Tabli tenslotte. 'Ze heeft echter nog geen contact met mij opgenomen. Het lijkt me het beste als je het teken van de Hunclis en het weetschijfje aan haar geeft, dus ik zal proberen met haar contact op te nemen en dat te zeggen. Over een Van Lippenstein weet ik niets. Ik weet wel dat Dagir tijdelijk in de plaats van Fajel is. Wij doen soms dingen apart en hebben niet altijd contact met elkaar. Het is wel interessant wat je me te vertellen hebt. Aurek is nog steeds verdwenen. Wij krijgen ook geen contact met hem. Het is vreemd dat je hem bent tegen gekomen, als het hem is. Het laatste wat wij van hem weten is dat hij naar Piron is gegaan en wat we van jou weten.'

'Vader is gevangen genomen door de Gigons,' zegt Benji. 'Hij is misschien ontsnapt en weer naar Aarde gekomen.'

'Dan begrijp ik niet dat hij geen contact met één van ons heeft opgenomen,' zegt Tabli. 'Ik ga dit allemaal zorgvuldig uitzoeken. Ik ga contact opnemen met de anderen die op Aarde zijn. Bovendien zal ik Fajel proberen op te sporen. Als dat niet lukt, kom ik het teken van de Hunclis en het weetschijfje wel halen.'

'Hoor ik weer snel van je?' vraagt Benji.

'Dat beloof ik!' zegt Tabli.

Ze draaien de straat in en daar neemt Benji afscheid. Antonio is nieuwsgierig en vraagt Benji de hemd van het lijf. Benji vertelt wat hij met Tabli heeft besproken.

'Je kan het teken van de Hunclis weer in de oude staat terugbrengen,' zegt Antonio. 'Dan hoef je hem niet af te geven.'

'Nee,' zegt Benji, 'dat is niet veilig genoeg. In handen van Fajel, of desnoods Tabli, is het teken en het weetschijfje veiliger dan bij mij.'

Die avond kijkt Benji op internet naar het nieuws. Opeens schrikt hij. Op een foto staat een rode auto in de vangrail. Total loss. Er staat en tekst bij dat de bezitter van de auto, een jonge vrouw van vijfentwintig jaar, de macht over het stuur verloren is en is verongelukt. Er lopen rillingen over zijn lijf. Hij zoomt de foto in en ziet daar een deel van een kenteken, HW-311-. Tabli had een kenteken, waar HW-311 mee begon. Omdat Benji alles in zijn geheugen opneemt wat hij ziet, weet hij dat nog. Hij kan het niet geloven en leest het bericht nog een keer. Hoe kan dat nou? Hij belt meteen en wat hij al vreest, blijkt waar te zijn. Tabli neemt niet op. Hij wil naar Groningen toe. Hij beseft dat hij haar adres niet weet. Hij verstopt zijn hoofd in zijn handen en begint te huilen. Op dat moment stapt Antonio de kamer binnen.

'Wat is er aan de hand, Benji?' vraagt hij.

Benji vertelt met betraande ogen wat hij zojuist heeft gelezen.

'Dat betekent,' zegt Antonio, 'dat ze ook Fajel en de anderen niet kan waarschuwen.'

'Dat betekent dat ze dood is,' huilt Benji. 'De enige die me kan helpen.'

'Misschien heeft ze via haar mobiel al contact gezocht met Fajel of de anderen,' zegt Antonio troostend.

'Ze is dood,' snikt Benji.

Hij gaat op bed liggen, stopt zijn hoofd onder een kussen en snikt daar verder. Antonio haalt zijn schouders op en gaat naar beneden. Hij weet zich geen houding aan te meten bij het verdriet van Benji. Zwijgend gaat hij naar de televisie kijken en staart meer voor zich uit dan dat hij kijkt.

'Is er iets?' vraagt Roos. 'Hebben jullie ruzie?'

'Eh, ja, zoiets,' zegt Antonio.

Daags daarna is Benji nog steeds van slag. Op school let hij niet op, wat ruzie met juffouw Klot oplevert.

'Zo blijf je zitten!' dreigt ze.

Het kan Benji niets schelen. Tabli is dood en het is zijn schuld. Als hij niet ermee ingestemd had dat ze naar hem toe zou komen, zou ze nog hebben geleefd. Als hij naar haar toe was gegaan, was ze nog in leven. Hij kijkt regelmatig in kranten of op internet om te kijken of er meer over Tabli wordt geschreven. Er staat echter niets meer over in. Hij blijft stilletjes en Roos en Sven is dit wel opgevallen. Roos praat er met Sven over.

'Hij heeft wellicht een terugslag,' zegt ze. 'We zouden hem opnieuw bij Anja aan moeten melden.'

'Anja, die bevriende psychologe,' zegt Sven. 'Ja, mogelijk. Hij doet ook zijn best niet meer op school. We kunnen proberen te vissen wat er aan de hand is. Misschien moeten we gewoon een weekendje weg met z'n allen.'

Die avond proberen Roos en Sven er achter te komen wat er aan de hand is met Benji.

'Is het de ruzie met Antonio?' vraagt Roos.

'Ruzie, welke ruzie?' vraagt Benji.

'We hebben het weer bijgelegd,' zegt Antonio.

'Je mist je vader zeker?' vraagt Roos.

Benji kijkt verdrietig en zegt: 'Ja, ik mis hem vreselijk.'

Hoewel hij de waarheid spreekt, beseft hij ook wel dat zijn gedrag van de laatste tijd, vragen oproept. Ze mogen het niet weten.

'Dat gedrag van Benji, de laatste tijd, heeft een reden,' zegt Antonio.

Benji kijkt verschrikt naar Antonio. Die gaat de boel toch niet verraden.

'Hij mist inderdaad zijn vader.' zegt Antonio. 'Laatst waren we in een warenhuis en zagen we iemand die erop leek. Sindsdien kan Benji zijn vader niet meer uit zijn hoofd zetten.'

'Nou, dat is vervelend voor je, Benji,' zegt Sven. 'Wat denken jullie ervan om volgend weekend naar de dierentuin te gaan. Dan verblijven we ook in een hotelletje.'

'Naar de dierentuin,' zegt Antonio. 'Wat leuk!'

'Nou, als Benji iets beter zijn best gaat doen op school,' zegt Sven, 'dan gaan wij naar de dierentuin!'

Zo gezegd, zo gedaan. Benji probeert beter zijn best te doen op school en de hele reutemeteut uit zijn gedachten te zetten. Die zaterdag gaat de hele familie naar de dierentuin. Benji is nog nooit in een dierentuin geweest. Hij vindt het wonderbaarlijk dat wilde dieren achter te tralies zitten. Hij ziet olifanten, giraffen en apen. Bij de apen lacht hij zowaar, wat een vreemde beesten zijn dat. Ze lijken een beetje op mensen en Efins. Ze kunnen echter veel minder. Hij ziet ook hyena's, poema's en leeuwen. Hij beseft niet dat deze gevaarlijk kunnen zijn. Gelukkig zit er een goed hek tussen.

Bij de wolven zegt Antonio: 'Kijk, paps, zo'n hondje wil ik!'

'Dat is toch geen hond,' zegt Sven. 'Je krijgt bovendien geen hond!'

'Ik heb eerder een hondje gehad, Pral!' zegt Antonio.

'Wat voor ellende hebben we daar niet mee gehad,' zegt Sven. 'Telkens ermee naar de dierenarts! Dat willen we niet meer.'

Antonio kijkt sip. Zijn ouders willen geen hond en daarmee basta. Er is niets wat ze lijkt te overtuigen, zelfs de aanblik van een poolvosje niet. Na de dierentuin gaan ze gezamenlijk uit eten en daarna in het hotel. Benji heeft de kegels meegenomen. Meestal speelt hij in z'n eentje. Soms doet Sven mee. Antonio vindt er niet veel aan. Die avond spelen ze met z'n viertjes en dat is best leuk. Die nacht wordt er ingebroken bij de Guldenaars.

De volgende dag, als zij terug komen, treffen zij een puinhoop van jewelste aan. Benji rent meteen naar de zolder. Ook daar is het een rommel. Gelukkig, de lijst met poster hangt er nog. Stel je voor, dat de inbreker de lijst heeft terug gehangen. Snel schroeft Benji de lijst los. Gelukkig, het kluisje hangt er nog. Stel je voor, dat de inbreker de code wist. Vlug drukt Benji de code in. Het kluisje gaat open. Gelukkig, alles is er nog. Opgelucht gaat hij naar beneden, waar zijn ouders op de politie wachten. Er is geen ruimte in huis, wat niet overhoop is gehaald. Er lijkt niets te ontbreken. De politie komt na een tijdje, inventariseert de boel en de agent zegt: 'Het lijkt wel of de inbreker naar iets op zoek was. Weet u misschien wat?'

'Nee, ik zou het niet weten,' zei Sven. 'Benji heeft een kluisje voor zijn zakgeld. Dat heeft de inbreker niet gevonden.'

De politie vertrekt weer en ze gaan aan de slag om de boel op te ruimen, na nog wat foto's te hebben genomen voor de verzekeraar. Sven repareert de deur zo goed als hij kan, maar er zal nog een timmerman moeten komen.

'Fraai is dat,' moppert hij. 'Ben je een nachtje weg, wordt er meteen ingebroken.'

De woensdag daarop wordt een verrassing bezorgd via een speciale bezorgdienst. Een kooi met een jong hondje voor Antonio. Antonio doet de deur open en is aangenaam verrast.

Hij neemt de kooi met de hond mee naar binnen en zegt tegen Sven: 'Wel bedankt, pap!'

Terwijl hij het beestje uit de kooi laat, fronst Sven zijn wenkbrauwen.

'Ik weet van niets,' zegt Sven. 'Roos zal toch niet ... Nee, dat zou ze niet zonder overleg met mij doen.'

40

Toch belt hij Roos, die als lerares nog op school is.

'Laat maar, paps,' zegt Antonio. 'Het is van Fajel, staat hier op een briefje.'

'Fajel,' zegt Sven. 'Hoe kan dat nou?'

'Nou, Benji heeft kegels gekregen en ik dit hondje. Precies zoals ik wil,' zegt Antonio. 'Ik begrijp alleen niet hoe ze dat weet.'

Hij roept Benji, dit op zolder driftig zijn huiswerk zit te maken. Sven is in verlegenheid gebracht. Hij kan het niet over zijn hart verkrijgen om te zeggen dat het hondje niet welkom is. Benji kijkt verbaasd naar het hondje en is nog verraster als hij hoort dat het hondje van Fajel komt. Dat is nog een be-vestiging dat Fajel op Aarde is. Ze spelen met het beestje totdat het etenstijd is.

'Fraai is dat,' moppert Sven. 'Nu zitten we ineens met een hond die we niet willen. Domme Fajel!'

'Ach, ik mag hem toch wel houden?' vraagt Antonio. 'Hij is zo leuk! Ik laat hem wel uit. Ik noem hem Drimmel.'

'Nou, vooruit,' zegt Sven. 'Wat is het eigenlijk voor ras?'

'Het is een asbakkenras,' zegt Roos. 'Toegegeven, het is een leuk hondje. Als het maar geen bakbeest wordt.'

Als Benji na het eten, naar de zolder loopt, gaat het hondje hem achterna. Antonio stormt de trap op en ziet Benji met de hond knuffelen.

'Zo en nu naar beneden, Drimmel!' zegt Antonio.

Het hondje luistert voor geen meter. Antonio pakt hem uit Benji's handen en gaat met de hond naar beneden. Benji probeert die avond Fajel weer te bereiken. Er komt geen gehoor. Zou ze geen ander nummer hebben, vraagt Benji zich af. Hij surft wat op internet op zoek naar het nieuwe nummer van Fajel en gaat dan naar de nieuwsberichten. Daar stuit hij op een bericht over Tabli.

Modehuis Mantel

Het bericht meldt dat de remmen van de auto van Tabli kapot waren. Hoe is dit mogelijk? De remmen deden het wel toen ze Benji meenam. Of zou ze onderweg ergens gestopt zijn en dat daarna de remmen het niet meer deden. Benji vindt dit een vreemd verhaal.

In de dagen daarna loopt het hondje steeds Benji achterna.
'Waarom loopt hij jou steeds achterna?' vraagt Antonio.
'Misschien vindt hij mij wel aardig,' zegt Benji.
'Puh,' zegt Antonio, 'je zult wel een luchtje bij je dragen, dat alleen de hond kan ruiken.'
'Echt niet,' zegt Benji en in het besef dat het natuurlijk Antonio's hondje is, zegt hij tegen Drimmel: 'Nu ga je achter Antonio aan lopen, heb je dat begrepen?'
De hond zit en zwabbert met zijn tong naar buiten. Hij doet of hij het verstaat. Het helpt niets. Hij blijft achter Benji lopen. Als Benji naar school gaat, begint Drimmel te janken en blijft bij de deur janken totdat Sven hem uitlaat. Antonio zou dat doen. Die zit overdag echter op school. Sven doet het mopperend. Hij realiseert zich wel dat het binnenkort vakantie is en dat Antonio het zelf gaat doen.

Sven, Roos en Benji gaan naar het laatste tien-minutengesprek op school. Dat tien minuten wordt wel een half uur. Juffrouw Klot wil dat Benji groep zes overdoet. Daar zijn Sven en Roos het niet over eens. Ze leggen juffrouw Klot uit Benji zijn vader mist de laatste maanden. Dat hij daarvoor wel zijn best deed, maar de slechte resultaten alleen de laatste maanden gelden. Juffrouw Klot is echter onverbiddelijk; Benji moet groep zes overdoen. Sven en Roos stappen naar de directrice in de hoop dat die nog een goed woordje kan doen. In het nieuwe schooljaar gaan Benji en

Antonio naar een andere school. Een negatief advies voor Benji zou daar ook slecht uitpakken. Roos heeft ook nieuw werk op deze school, al zal zij de kinderen van groep vijf begeleiden. De directrice doet de belofte met juffrouw Klot te gaan praten.

Diezelfde week krijgen Roos en Sven bericht van het bureau Speurneus, het detectivebureau dat ze in hebben geschakeld. Frans de Vries heeft een kopie van een krantenartikel met een foto toegevoegd bij het briefje, waarop een man, gelijkend op Aurek Bruntel, voor een etalage loopt. Er lopen nog andere mensen, met een paraplu. Het artikel gaat over de regen, die het land teistert en komt uit een Amsterdamse krant. Hij schrijft dat ze aan het uitzoeken zijn waar de foto is gemaakt en vandaar uit verder gaan kijken. Benji en Antonio krijgen de brief ook in handen. Benji herkent meteen de etalage van modehuis Mantel, ook al is dat voor een buitenstaander aan de foto niet te zien.

'Dat is modehuis Mantel,' zegt Benji.

'Hoe weet je dat?' vraagt Sven nieuwsgierig.

Dat is waar ook. Ze hebben niet aan Roos en Sven verteld over hun bezoek aan het modehuis. Ook niet over hun bezoekjes aan Weesdorp.

'O, eh,' stamelt Benji.

Zijn gedachten gaan razendsnel. Wat moet hij nu weer verzinnen. Ineens weet hij het.

'Van een foto die ik van Fajel heb gehad. Ze werkt voor dat modehuis,' zegt Benji.

'O,' zegt Roos. 'Dan gaan we meteen bellen naar Frans de Vries. Een dikke kans dat het raak is.'

Ze belt meteen en Benji loopt samen met Antonio en de hond naar de zolder. Drimmel wil 's-nachts op bed slapen, bij Benji natuurlijk. Ook al hebben ze de mand naast het bed staan, zodra de jongens slapen, kruipt Drimmel stiekem op Benji's bed.

'Ik moet meer van het bezoek van Aurek weten,' zegt Benji de volgende dag. 'Kunnen wij zaterdag naar modehuis Mantel toe?'

'Als we tegen paps en mams vertellen dat we gaan zwemmen, net als vorige keer, wel.' zegt Antonio.

Dat spreken ze af.

Op vrijdag komt er een brief van de directrice. Het rapport van Benji is na het gesprek met juffrouw Klot iets milder geworden. Het advies is echter nog steeds om een jaartje over te doen. De nieuwe school van Benji moet kijken wat ze daarmee doen. Roos zegt dat ze binnenkort naar de nieuwe school gaat om eens te praten.

'Mams, we gaan morgen weer zwemmen,' zegt Benji terloops.

'O, dat is leuk. Misschien wil je vader dit keer wel mee,' zegt Roos.

Nee, toch? Dat wil Benji niet.

'Paps moet vast werken voor Uitje-Bol,' zegt Benji.

'Welnee,' zegt Sven, die de kamer net binnen komt lopen. 'Zelf een top-ontwerper heeft wel eens een dagje vrij. Waar gaat dit over?'

'Benji en Antonio willen morgen zwemmen. Wellicht zou het leuk zijn als je mee gaat,' zegt Roos.

'Ja, dat zou wel leuk zijn,' zegt Sven, 'maarre, ik wil nog wat aan de tuin doen enne, het is voor de jongens niet zo leuk als paps er altijd bij is.'

Benji haalt opgelucht adem.

Die zaterdag stappen ze al vroeg op de trein. Omdat Benji zuinig is met zijn zakgeld, wil hij de reis betalen. Eenmaal in Amsterdam blijkt de winkel open. Gelaten stappen de twee jongens naar binnen. Een hip uitziende verkoopster, in efinse kleding, kijkt hen verbaasd aan. Ja, wat moeten twee van die jochies nu in een sjieke kledingzaak.

45

'We willen de baas spreken, Leo Mantel!' valt Benji meteen met de deur in huis.

'Waarom is dat wel?' vraagt de verkoopster.

'Nou, eh,' begint Benji.

'Het gaat haar niets aan,' fluistert Antonio.

De donkerbruine verkoopster kijkt hen aan, wachtend op antwoord. Benji realiseert zich dat ze er wel uitziet als een Efin uit het zuiden. Misschien is ze het wel.

'Zeg dat we nog meer vragen hebben over Fajel Bruntel,' zegt Benji tenslotte.

'Goed,' zegt ze en ze loopt naar de huistelefoon om Leo Mantel te bellen en na dat telefoontje zegt ze: 'Ga zitten. Hij komt zo!'

Nou, zitten kunnen de jongens wel. Middenin de zaak staan grote, lekkere stoelen.

'Als Leo wat weet, zal hij dit ook wel aan het detectivebureau hebben door gegeven,' zegt Antonio. 'Dan komen paps en mams dat wel te weten.'

'Dat is zo,' zegt Benji. 'Misschien komen wij meer te weten.'

Leo Mantel is gearriveerd en neemt de jongens naar boven. Het is een enorm groot huis, vol met ornamenten. Ze worden toegelaten in een kamer, waar het meubilair op leeuwenpootjes staat.

'Jongens, er zijn al twee mensen geweest, die gevraagd hebben naar Fajel Bruntel,' zegt Leo. 'Kennelijk weten die niet dat ze hier niet meer werkt.'

'Wie waren dat?' vroeg Benji.

'Die ene, dat weet ik niet. De andere was van een detectivebureau. Frans de Vries van de Speurhond, ofzo.'

'De Speurneus,' verbeterde Benji.

'Nou, die Frans de Vries wilde alles weten over een man op een krantenfoto. Die is inderdaad hier langs geweest om te vragen naar Fajel,' zegt Leo.

'Is het deze man?' vraagt Benji en hij laat Leo een foto zien van zijn vader.

'Ja, dat is hem,' zegt Leo. 'Absoluut. Ik kon Frans de Vries ook niet meer vertellen dat hij hier is langs gekomen om te vragen naar Fajel. Wie heeft de opdracht gegeven aan dat detectivebureau. Jullie?'

'Nee, mijn ouders,' zegt Antonio.

'Om te zoeken naar mijn vermiste vader, Aurek Bruntel,' zegt Benji. 'De man op de foto!'

'O, nou, eh,' stamelt Leo. 'Dan heb ik je vader gezien. Waarom komt je vader niet naar je toe? Weet hij niet waar je woont? Zijn je vader en moeder gescheiden en wil hij je ma niet meer zien?'

'Ja, zoiets,' zegt Benji na een tijdje. 'Ik heb nog een vraag voor u.'

'Steek van wal, jongen.' zegt Leo.

'Is Dagir Vonvlist nog op komen draven?' vraagt Benji.

'Nee,' zegt Leo. 'Als ze wel was gekomen, had ik haar meteen de laan uitgestuurd. Ik heb immers al een andere adviseur aangetrokken.'

'Goed,' zegt Benji en hij staat op. 'We weten genoeg voor nu! We gaan weer eens huiswaarts.'

'Jullie kunnen altijd bij me terecht, als jullie nog meer vragen hebben. Ik ben vaak in het buitenland. Bel anders van te voren,' zegt Leo en geeft hen zijn kaartje.

De jongens lopen terug naar het station. Benji laat zijn emoties los.

'Zie je wel, dat mijn vader op Aarde is,' zegt Benji. 'Waarschijnlijk is hij ontsnapt uit de handen van de Gigons. Mijn vader is slim!'

'Dan begrijp ik niet waarom hij geen contact met je op neemt,' zegt Antonio.

'Dat doet hij wel, heus wel!' zegt Benji. 'Als hij Fajel heeft gevonden.'

'Dat hoop ik voor je, echt,' zegt Antonio.

'Weet je, ik dacht eerst dat die verkoopster een Efin was,' zegt Benji.

'Huh, die? Hebben jullie donkere mensen op jullie planeet?' vraagt Antonio.

'Efins, zo heten wij, geen mensen. Natuurlijk hebben wij donkere Efins. Die wonen voornamelijk in het zuiden, omdat ze beter tegen de warmte kunnen dan wij. Verder hebben wij dezelfde rijkdommen. Alleen hebben zij de Gigons niet, om voor hen te werken. Wat de Gigons voor ons doen, dat gaat ook naar hen toe.'

Benji bleef even zwijgen.

'In die goede tijd, dat de Gigons voor ons werkten. Inmiddels zullen de Gigons ook wel het zuiden hebben bereikt, als ze tenminste iets hebben bedacht tegen de warmte,' vervolgt hij.

'Denk je dat heus?' vraagt Antonio.

Benji knikt.

'Ach, misschien is de oorlog daar wel afgelopen,' zegt Antonio. 'In het voordeel van de Efins natuurlijk. Wie weet kun je weer naar huis.'

'Naar huis?' vraagt Benji. 'Ik wil wel. Ik wil ook niet.'

'Nou, ik zou het wel weten, hoor,' vindt Antonio. 'Ik zou terug gaan naar huis.'

'Ik zou jullie, en met name jou, heel erg gaan missen,' zegt Benji.

'Geen probleem, dan neem je me gewoon mee,' zegt Antonio.

Benji moet lachen om deze opmerking. Voorlopig weten hun ouders niets en zou het vreemd zijn om ineens allebei te vertrekken, als dat al zou kunnen. Op het toilet in de trein maakt Antonio de zwembroeken en handdoeken vochtig, terwijl Benji zwijgend v oor zich uit staart. Hij weet nu dat zijn vader op Aarde is en kan haast niet wachten totdat deze contact met hem opneemt.

'Weet je nog dat Roos het vreemd vond dat de kleding verleden keer niet naar chloor rook?' vraagt Antonio.

'Toen hebben we gezegd, dat we de kleding uitgespoeld hebben,' zegt Benji.

'Nu heb ik het met chloor uitgespoeld,' zegt Antonio. 'Om het echter te doen lijken.'

Hij laat Benji de fles met chloor zien, die hij heeft meegenomen.

'Ha, ha,' lacht Benji. 'Straks zegt ze weer dat het teveel naar chloor ruikt.'

'Ja, dat zit er wel in,' lacht Antonio mee.

Als de jongens thuis zijn gekomen, is Drimmel door het dolle heen en springt tegen Benji. Benji haalt het hondje aan en kijkt schuldig naar Antonio.

'Sorry, Antonio,' zegt hij. 'Ik kan er ook niets aan doen, dat hij mij leuk vindt.'

Antonio haalt zijn schouders op.

'Dan mag jij hem ook uitlaten,' zegt Antonio.

'Dat doe ik wel, hoor,' zegt Benji.

De laatste week voor de vakantie begint. Sven heeft een leuke mededeling.

'We gaan de eerste week van de vakantie, want dan kan ik vrij nemen, naar Uitje-Bol. Ik kon nog enkele accomodaties last-minute boeken en jullie moeder gaat mee,' zegt Sven.

'Dat is vet cool,' zegt Antonio. 'Wat vind jij, Benji?'

'Ik vind het wel leuk, hoor,' zegt Benji. 'Als het niet zo warm is.'

Dan gaat de telefoon.

Naar Uitje-Bol

Sven neemt op. Het is Frans de Vries. Hij vertelt dat ze bij modehuis Mantel hadden nagevraagd en dat de man op de foto inderdaad naar Fajel Bruntel vroeg en dat ze verder gaan zoeken. Benji en Antonio horen dit zwijgend aan en zeggen niets over hun avonturen in Amsterdam. Benji probeert Fajel nog te bellen. Nu geeft het nummer aan dat het buiten gebruik is.

Het wordt warm weer. Benji heeft er last van en zit veel in een koud bad. Hij hoopt dat er op de accomodaties die Sven heeft geboekt ook baden zijn, of in ieder geval douches. Als eerste gaan ze naar het drakenkasteel, de rest is een verrassing. Ze zitten met Drimmel in hun maag, die kan niet mee. Gelukkig is er een kennel bij het park, waar de hond kan logeren. Zo hebben ze toch elke dag contact met hem. Benji pakt zijn spullen in, allereerst de robotjes, daarna het kegelspel van Fajel. Hij neemt voor alle zekerheid het weetschijfje en het teken van de Hunclis mee. Kleren kunnen er amper in zijn rugzak bij. Van Antonio's plan voor de geheime vergaderingen in de boomhut is nog niets gekomen. Mogelijk, als hij straks op zijn nieuwe school vrienden maakt. Alleen Benji is het er niet mee eens. Antonio wil dat Benji zijn robotjes toont. Dat wil Benji niet. Het is iets tussen hem en Antonio, vindt hij. Daar zijn ze nog niet over uit.

De volgende dag gaan ze naar Uitje-Bol. Omdat Roos nog een afspraak heeft, arriveren ze laat in de middag. Ze leveren de luid protesterende Drimmel af bij de kennel.
'Nu moet je hem wel regelmatig uitlaten,' zegt Sven tegen Antonio.
'Nee, Benji laat hem uit,' zegt Antonio. 'Want Drimmel is dol op Benji.'
'Dan laten jullie hem samen uit,' vindt Roos. 'Wat is daar op

tegen?'

'Eh, niets,' zegt Antonio.

Hij kijkt naar Benji en beseft dat het leuker is om samen met elkaar op te trekken. Bovendien kunnen ze zo, zonder hun ouders, even met elkaar praten.

'Laten we eerst naar de black hole gaan,' zegt Sven.

Zo gezegd, zo gedaan. Er staat een rij van hier tot en met Tokio. Benji heeft last van de warmte buiten. Hij koelt zich af met een flesje water. Dat is niet voldoende. Gelukkig gaat de rij binnen verder, daar is het koeler, al moeten ze daar ook nog een uur wachten voor een ritje van twee minuten. Sven had gezegd dat het net lijkt of ze door de ruimte zweven. Benji merkt daar niets van. Ze vliegen wel door sterrenstelsels en ze komen regelmatig terecht in een black hole, waar de achtbaan een draai maakt. Het is nogal nep voor Benji. Dat is logisch, omdat hij door een echt sterrenstelsel is gevlogen, met meer dan de lichtsnelheid. Daarom was hij zo snel op Aarde, binnen anderhalve maand. Hij beseft dat de mensen graag dingen na willen maken, die leuk zijn. Ze eten een lunch in de buurt van de achtbaan, in de Spaceburger. Benji wil graag in de schaduw zitten en ze zoeken een tafel uit met een parasol. Ze krijgen een bord vol met een ufoburger, sterrenfrites en venussla, met nog een melkwegshake. De ufoburger is een burger met rode groenten en een pikante saus, de sterrenfrites zijn gefrituurde aardappels in de vorm van sterretjes, de venussla bestaat uit kiemen van rode kool, iets wat Benji nog niet kent. De melkwegshake is een vanille-chocoladeshake. Daarna is het tijd voor Benji en Antonio om Drimmel uit te laten. Ze verlaten het park en halen Drimmel op. Ze lopen langs de laan, waar allemaal exotische planten staan, waaronder passiebloemen waar de knoppen nog lang niet vol van zijn. Benji vertelt over bewegende robotplanten op Piron.

'Ze zijn heel fraai en lijken op onze echte bloemen en planten,' zegt Benji. 'Ze verplaatsen zich, omdat het

51

robotplanten zijn.'

'Goh, ik zou best wel eens een kijkje willen nemen op Piron,' zegt Antonio.

'Wie weet zit dat er wel eens in,' zegt Benji. 'Als het weer veilig is op Piron.'

Daarna gaan ze nog met de tijdmachine in The Galaxy. Vervolgens neemt Sven hen mee naar het ruimtemuseum en ze gaan meteen met de lift naar het de zesde verdieping, waar aan de robotklas wordt gewerkt. Sven komt daar regelmatig een kijkje nemen in hoeverre zijn ontwerp vordert. De robotklas is er al voor een groot gedeelte. Ze zien mannen en vrouwen werken aan de robotklas.

'We zijn er nog niet,' zegt een man, die de leiding over het project heeft. 'De andere kant moet nog gedaan worden. Dat moet een landschap worden met groene heuvels en allerlei kleuren bloemen. Het is overdag en de lucht wordt paars-blauw. Er spelen enkele robotkindjes met robotvlinders.'

'Goh, dat is nog wat anders dan robotplanten,' zegt Antonio.

'Ssssttt,' zegt Benji.

'Robotplanten? Daar zeg je me even wat leuks,' zegt Sven. 'Mogelijk kunnen er nog wat robotplanten bij. Dat moet zich dan wel onderscheiden van de echte nepplanten, met draadjes en springveren. Wellicht kunnen ze op de voorgrond komen.'

'Op Piron zie je geen verschil tussen de echte en de robotplanten,' denkt Benji, 'behalve dat robotplanten zich kunnen verplaatsen en echte niet.'

Hij beseft echter dat dit in het ruimtemuseum niet kan. Het meeste wat in Uitje-Bol staat is nep, dus er kunnen ook wel neprobotplanten bij.

'Naar welke planeet noemen we dit geheel?' vraagt de leider.

Sven haalt zijn schouders op.

'Daar heb ik nog niet over nagedacht,' zegt hij.

'Piron,' zegt Antonio.

'Sssssttt,' sist Benji.

'Piron?' vraagt Sven. 'Piron, ik zal erover nadenken. Zo zie je,

dat de kinderen een inspiratiebron voor me zijn. Ze hebben de robotklas ook al bedacht.'
'Zo,' zegt de leider. 'Knappe kinderen heb je!'
Ze verlaten de zesde verdieping en bekijken de overige vijf nog eens op hun gemak. De vierde en de vijfde verdieping heeft Benji verleden keer niet goed gezien.

Op de vijfde verdieping is de niet bestaande planeet Iskandy te zien. Een ijzige planeet met besneeuwde rotsen en een bleke hemel, waar een grote maan de helft van de lucht beslaat. De bewoners aan de andere kant, zijn behaard en zien eruit als oerwezens. Ze hebben echter een grote bult extra op hun hoofd en grote neuzen en kleine monden. Hun vingers en tenen zijn vierkant. Ze hebben een soort berenvellen aan. Hun huizen, deze zien eruit als moderne flats, zijn gemaakt van sneeuw. Op de vierde verdieping is de planeet Kercemin te zien. Het is een fraaie planeet, met veel bossen en wateren.

De lucht is geel met twee kleine zonnen en nog een grote planeet aan de hemel. Benji schrikt als hij naar de andere kant loopt. Daar zijn wezens te bezichtigen die op Gigons lijken. Ze zijn blauw, hebben dezelfde vorm als Gigons en kijken boosaardig. Ze hebben drie vingers. Ze leven bovendien in een grot en leggen eieren. Net als de echte Gigons doen. Ze zijn wel klein.

'Toeval,' denkt Benji. 'Of zou mijn vader Sven wat ideetjes hebben ingefluisterd.'

Hij besluit het aan Sven te vragen.

'Nee, Benji, Aurek, je vader, bemoeide zich niet met mijn zaken, Hij hield zich alleen bezig met het ontwerp van de achtbaan,' zei Sven.

'Dan is het toeval,' flapt Benji eruit.

'Wat is toeval?' vraagt Sven nieuwsgierig.

'O, eh,' zegt Benji. Wat voor smoes moest hij nou weer verzinnen.

Dan weet hij het en zegt: 'Nou, mijn vader hield nogal van science-fiction en ik dacht dat hij wat inspiratie had gegeven.'

'Hield Aurek van science-fiction?' vraagt Sven. 'Daar weet ik niets van. Je hebt waarschijnlijk de studiebladen gezien van Aurek, om zich voor te bereiden op de black hole achtbaan.'

'Ja, ik denk het wel,' zegt Benji.

Hij begrijpt er niets van dat Sven zo'n ontwerp kan maken, zonder iets van de echte Gigons af te weten. Antonio drukt op de knopjes en de armen en hoofden van de figuren bewegen. Ze gaan naar de derde, tweede en eerste verdieping en kijken daar ook hun ogen uit en drukken op de knopjes. Het blijft leuk om te zien. Buiten zit Roos ongeduldig te wachten. Antonio wil nog even in de science-fictionshop en koopt daar een hologramplaatje van de bewoners van Kercemin, terwijl Benji op weg is om Drimmel uit te laten. Daarna gaan ze met de waterfiets naar het Drakeneiland, eerst inchecken bij het drakenkasteel. Ze kunnen nog net genieten van de jonglerende narren in het openluchttheater en van de woeste drakenrit, voordat ze gaan eten.

Er is een heel kasteelbuffet, waar ze gebruik van kunnen maken. Er zijn ridders te paard, bladerdeeg op een stokje. Er is varkensgebraad met pruimen, rundvleesstoof, pastei met vlees, kalkoenpoten en een heel toetjesbuffet met diverse soorten pudding en ijs en narrenappels, appels met een gezichtje en een papieren narrenmuts op, en nog veel meer. De narrenmuts mogen ze houden. Helaas past het hen niet. Na het eten gaat de familie naar de kamer. Het is een mooie kamer met twee hemelbedden en electrische toortsen aan de ruwstenen muur. Er zijn twee grote, houten linnenkasten, er hangt een fraaie spiegel aan de wand. Het is zoals een echte kasteelkamer er behoort eruit te zien.

'Willen jullie straks met de missisippiboot voor een moonlight cruise?' vraagt Roos. 'Het is helder weer en de maan is bijna vol.'

'Niks aan,' zeggen de jongens in koor en Antonio zegt: 'Gaan jullie maar, wij vermaken ons wel.'

Roos kijkt Sven aan en zegt: 'Het is wel romantisch, een moonlight cruise.'

Sven loopt naar Roos toe en legt zijn arm op haar schouder en zegt: 'Lekker, wij met z'n tweetjes, zonder die vervelende jongens erbij.'

'Wij zijn toch niet vervelend,' zegt Antonio.

'Nee, dat valt wel mee,' zegt Roos. 'Jullie vader maakt een grapje. Wij gaan lekker met de moonlight cruise, en jullie vermaken je wel. Na de cruise is er vuurwerk, dat moeten jullie zien. Hier hebben jullie de kamersleutels.'

'Okee,' zegt Benji.

Ze wachten tot hun ouders weg zijn en dan steekt Benji van wal.

'Waarom had je het over de robotplanten en Piron?' vraagt Benji. 'Dan mogen ze niet weten.'

'Dat weten ze toch niet?' vraagt Antonio. 'Wie weet er nu iets over robotplanten op de planeet Piron.'

'Als paps de planeet inderdaad Piron noemt, dan is hij niet meer veilig voor de verraders en de Gigons,' zegt Benji.

'Het is pas eind van dit jaar af,' zegt Antonio.

'Dat doet er niet toe. Je moet helemaal niets zeggen over Piron!' zegt Benji boos. 'Stel je voor dat ze de robots Efins gaan noemen.'

'Efins, ha ha, dat zou leuk zijn,' lacht Antonio. 'Die weet paps nog niet.'

'Waag het niet om het aan hem te vertellen,' zegt Benji, nu kwaad.

Hij gaat mokkend op het bed zitten.

'Natuurlijk vertel ik het niet tegen paps,' zegt Antonio. 'Het is een grapje. Sorry voor de robotplanten en Piron. Het was er uit voordat ik er erg in had.'

'Het is al goed, Antonio,' zegt Benji, terwijl hij de papieren narrenmutsjes op Dips en Lalp zet en de robots vervolgens verbergt achter zijn kussen. 'Laten we buiten gaan kegelen. Het is nog licht.'

Daar gaat Antonio mee akkoord. Het is buiten nog licht. De schemering nadert echter spoedig. Al snel is Benji in het voordeel. Dat komt natuurlijk omdat hij het spel vaker speelt dan Antonio. Antonio verliest een potje, omdat hij de laatste kegel niet omver gooit. Hij wordt kwaad en schopt met kracht de laatste kegel omver. Tot hun verbazing zien de jongens dat de kegel doormidden ligt.

'Oei, nu heb ik alweer iets van je kapot gemaakt,' zegt Antonio.

Benji loopt erop af en raapt de delen van de kegel op.

'Er zaten toch allemaal groeven in, Antonio. Precies op de vijfde groef is hij gebroken,' zegt Benji. 'Wacht even, er zit iets in.'

In het bovenste deel van de holle kegel zit iets. Benji probeert het los te wurmen.

'Misschien houdt dat de kegels bij elkaar,' zei Antonio.

'Dat lijkt me vreemd,' zei Benji. 'Hij is al uit elkaar gevallen.

Kom mee naar de kamer, daar heb ik wel wat gereedschap.'

De jongens rennen naar de kamer terug en Benji pakt de robot Gurk. In de, enig overgebleven, linkerarm zit een scherp mes verborgen. Benji prutst met het mes. Het lukt hem niet.

'Ik zeg je dat het ding vast zit gelast aan de rest,' zegt Antonio.

'Wat voor functie heeft het dan. Wacht, het komt los,' zegt Benji.

Doordat de kegels in het midden breder zijn, komt het pakketje naar beneden. Benji haalt het eruit. Het is een metalen, plat doosje in de vorm van een blad, een Hunclisblad. Hij bekijkt het van alle kanten. Het heeft twee klipjes aan de onderkant. Dat is om het aan te haken aan een ronding. Het lijkt wel of het als een doosje open kan. Dat krijgt Benji niet voor elkaar. Stomverbaasd heeft Antonio zitten kijken.

'Je had gelijk,' zegt hij schor.

'Dat betekent dat de andere kegels ook zoiets moeten bevatten. Geef ze eens?' vraagt Benji.

Hij probeert de kegels te breken en Antonio helpt mee. Ze proberen het met de hand, door er tegen aan de schoppen, door ze te laten vallen. Er breekt er echter geen een meer.

'We moeten aan een hamer zien te komen,' zegt Benji.

Antonio probeert de kegel die kapot is te herstellen. Dat lukt niet.

'Weet je wat! We lenen een hamer van iemand,' zegt Benji. 'Dan slaan we ze kapot. Dat moet lukken.'

Op dat moment werd er op de deur geklopt. Zijn ouders, om te vragen of ze naar het vuurwerk gaan. Antonio doet open. Roos loopt naar de kapotte kegel en raapt hem op.

'Wat zonde,' zegt ze. 'Tante Fajel vroeg nog zo om er zuinig op te zijn.'

'We kunnen er niets aan doen,' zegt Antonio. 'Hij brak vanzelf.'

'Nou, hoe het ook zit, het is zonde,' zegt Roos. 'Kom nu naar beneden voor het vuurwerk.'

De jongens volgen Roos en Sven naar beneden en daar genieten ze van een schitterend vuurwerk, dat vanaf het meer wordt afgestoken. Eenmaal terug in het drakenkasteel drinken ze nog iets aan de bar.

'Zo, nu gaan we naar bed,' zegt Sven.

'Ik heb nog lang geen zin om te gaan slapen,' zegt Antonio.

'Niets mee te maken, morgen staan we weer vroeg op,' zegt Sven streng.

Zuchtend volgen Antonio en Benji hun ouders. Eenmaal in hun pyjama kruipen ze in het grote hemelbed. Als eenmaal het licht uit is, giechelen ze.

'Stil,' horen ze Sven zeggen.

Ze blijven een tijdje stil. Dan giechelen ze weer.

'Stop nu!' zegt Sven.

Ze blijven een langer tijdje stil en kunnen het dan niet volhouden om niet weer te ginnegappen.

Sven knipt het licht aan.

'Weten jullie wel hoe laat het is!' zegt Sven. Hij wil naar de wekker grijpen. Die is weg.

'Waar is die wekker?' roept hij. Roos wordt er wakker van.

Hij stapt uit zijn bed om de wekker te zoeken. Die ligt op de grond. De jongens moeten hierom wederom grinniken.

'Het is twaalf uur en twintig minuten,' moppert hij, 'en zij liggen te giechelen.'

'Stop watjes in je oren,' zegt Roos. 'Ga slapen!'

'Dat is een goed idee,' zegt Sven en hij loopt naar de badkamer, terwijl de jongens verder giechelen.

Schaatsen

De volgende dag staan ze vroeg op. Het is een voordeel dat de gasten een uur eerder van het park gebruik mogen maken dan de dagjesmensen. De jongens gaan meteen met de drakenkabelbaan naar Drimmel op hem uit te laten. Het hondje springt dolenthousiast tegen Benji aan.

'Hij moet mij nog steeds niet,' zegt Antonio teleurgesteld.

'Kop op,' zegt Benji. 'Dan komt nog wel. Even iets anders, hoe komen we aan een hamer om die kegels stuk te slaan.'

'Nou, kopen natuurlijk,' zegt Antonio.

'Kopen? Waar? Hier?' vraagt Benji.

'Thuis natuurlijk, of van paps lenen.'

'Ik wil niet wachten tot ik thuis ben,' zegt Benji. 'Ik wil ze NU openen. Wacht eens, die lui van die robotklas, die werkten met hamers.'

'Je wilt toch niet bij hen lenen?' vraagt Antonio.

'Nee, niet bij hen lenen, althans niet dat ze het merken,' zegt Benji. 'Ik ga gewoon aan paps vragen of we nog een keer naar het ruimtemuseum kunnen gaan.'

'Nou, goed dan,' zegt Antonio, terwijl ze terugkeren.

'Nog een keer?' reageert Sven verbaasd, als de jongens terug zijn.

'Ik vind het zo leuk,' zegt Benji.

'Nou, vooruit,' zegt Sven. 'Laten we dat dan als eerste doen.'

Zo verschijnen ze voor de tweede keer op de zesde verdieping.

'Sorry,' zegt Sven. 'Ze kunnen er geen genoeg van krijgen.'

Benji kijkt belangstellend naar de klas, waar verschillende werknemers aan werken. Verdorie, er hangt een lint voor en hij kan niet bij de gereedschapskisten komen. Dan ziet hij in de hoek van de ruimte een gereedschapskist staan, met een hamer. Hij moet er wel ongezien bij zien te komen. Voorzichtig loopt hij ernaar toe, terwijl Antonio Sven en de leider probeert af te leiden. Dat lukt. Benji grijpt een hamer en stopt deze snel in zijn rugzak.

'Benji, wat doe je daar?' vraagt Sven.

Benji draait zich om en wordt rood. O, wat als Sven hem door zou hebben?

'Niets, paps!' zegt hij daarom.

'Niets, dat geloof ik niet,' zegt Sven en hij loopt naar Benji toe.

'Ik was nieuwsgierig hoe ze de robotten in elkaar zetten,' zegt Benji snel. 'Dus daarom keek ik in de gereedschapskist.'

'Nou, gewoon, met heleboel schroeven en bouten,' zegt Sven. 'Zie je die schroefboormachine. Die gebruiken ze heel vaak.'

'O,' zegt Benji en hij loopt met Sven mee terug.

Gelukkig heeft niemand het gezien.

Na het ruimtemuseum gaan Benji, Antonio en Sven naar de Heksenhof. Roos zal daar ook komen. Antonio en Benji gaan alvast in de bezemsteelride en in het loopspookhuis. Benji merkt op dat hij, ondanks de lange wachttijden voor de attracties, het wel leuk vindt dat er zoveel mensen zijn. Zo voelt hij zich wat veiliger dan verleden keer. Hij hoort Lalp niet brullen en dat stelt hem gerust. Als Roos komt gaan ze in heksenrivier met bloedrode rubberbootjes en ze worden aardig nat. Antonio wil de heksenrivier, met de stroomversnellingen, nog een keer doen, zo leuk vindt hij het. De lange wachttijden neemt hij voor lief. Roos en Sven houden het voor gezien en laten de jongens alleen hun avontuur beleven. Na een uur lopen ze allemaal weer buiten. In het Heksenhof is er een winkeltje, de Heksenketel waar ze een tijdje zoet zijn. Ze verkopen er niet alleen heksenketels. Ook hoeden, zwarte kat knuffeldieren, bezemstelen in alle soorten en maten, toverboeken. Antonio besluit een spreuk te kopen, die in een speelgoedautomaat zit. De spreuken zitten in kleine plastic pompoentjes en zijn een euro per stuk. Antonio trekt er eentje, opent het pompoentje en leest de spreuk.

'Ahum,' zegt hij. 'Er staat: griebelgrabbelgrooi, er komt gevaar naar jullie toe. Nou zeg.'

'Ach, het is een grapje,' zegt Roos. 'Wel zonde van die ene euro.'

'Wat nou zonde,' zegt Antonio. 'Ik heb er toch ook een pompoentje voor.'

Roos kijkt meewarrig naar het plastic pompoentje, dat Antonio haar driftig laat zien. Ze laat Antonio begaan, die met zijn vingers het plastic pompoentje in de lucht schiet en het met de andere hand opvangt. Daarna gaan ze naar de snackbar. Ze verkopen daar heksentengels, gehaktrolletjes met een amandel als nagel, kroketjes met spinnenragout, kakkerlakken-stoof, vleermuis-sate en zwarte katballen. Benji kijkt zijn ogen uit. Hij denkt dat het echt is. Antonio vertelt hem dat het gemaakt is van vlees, wat de mensen gewoon zijn te eten. Roos vraagt ook wat het allemaal is. Benji neemt uiteindelijk een broodje kroket met 'spinnen' ragout en Antonio een patatje met 'kakkerlakken' stoof. Het smaakt goed, al zit er knapperig tauge in zijn kroket. In het stoofvlees van Antonio zit klein gesneden vlees en halve, zwarte olijven. Die vindt hij juist lekker. Roos probeert een broodje zwarte katbal, waar de bal echt donker gebraden is in sojasaus en Sven neemt een patatje met vleesmuissate, natuurlijk gemaakt van kipfilet. Roos kan haast niet geloven dat het zwarte katbal gemaakt is van rundergehakt. Ze proeft kattevlees, zwart kattevlees om precies te zijn. Sven heeft nergens last van en Benji ook niet. Als Antonio zijn fantasie laat gaan en zijn ogen dicht doet bij het eten van het stoofvlees, proeft hij echt kakkerlakkenvlees.

'Gatver,' zegt hij dan, om vervolgens een nieuwe hap te nemen.

Het volgende onderdeel wordt het Sneeuwland. Daar krijgen de jongens een ijsje bij de ijsshop. Benji vindt het heerlijk, want het is al middag en het is aardig warm. Hij wil er nog wel eentje. Hij durft het niet te vragen. Ze gaan naar het vorstpaleis. Benji kijkt verwonderd rond. Alles is hersteld of opnieuw gemaakt. In de koele zaal genieten ze van de voorstelling van als ijsberen en pinguïns verklede schaatsers. Niets herinnert aan het akelige avontuur dat ze hier hebben mee gemaakt en waar Roos en Sven niets van af weten. Ze gaan nog met z'n drietjes in de bobsleebaan en dat vinden ze erg spannend. Roos laat het afweten.

Daarna willen de jongens nog in de indoor ski- en ijsbaan. Dat willen Sven en Roos niet. Ze besluiten terug naar het drakenkasteel te gaan en de jongens hun eigen gang te laten gaan. Benji en Antonio proberen eerst op de lange latten te gaan staan. Ze zijn beginners, en ze moeten eerst langlaufen. Dat lukt al bijna niet. Benji en Antonio vallen telkens onderuit en liggen dan in een deuk.

'Jullie kunnen beter gaan schaatsen,' zegt de begeleider.

De jongens vinden dat een goed idee, al kunnen ze het geen van beide. Ze kunnen schaatsen lenen en niet veel later staan ze op de ijsbaan aan de kant.

'Zo doet je dat, Benji,' zegt Antonio stoer en hij probeert te schaatsen. Hij gaat snel onderuit.

'Zo!' zegt Benji en doet Antonio precies na.

Nu zitten ze beiden op de grond.

'Ha ha, zo niet dus,' lacht Antonio.

Ze krabbelen op en proberen het weer. Benji kijkt om zich heen, op de tribune. Hoe zouden de mensen hun gekke capriolen vinden, Opeens ziet hij het. Zijn vader! Hij staat naast een man met een donkere zonnebril en een zwarte muts op. Zijn vader kijkt naar hem en fluistert de man iets toe, net of hij hem een opdracht geeft. Daarna staat hij op en loopt hij weg.

'Mijn vader, mijn vader,' zegt Benji.

'Waar dan?' vraagt Antonio.

Zijn vader is al uit het zicht verdwenen. De man met de zonnebril komt naar beneden.

'Hij is weg,' zegt Benji.

'Dan moeten we kijken waar hij is,' zegt Antonio.

Ze schaatsen, zo goed als ze kunnen naar de uitgang. Ze worden daar geblokkeerd door de man met de zonnebril. Hij heeft ook schaatsen aan. Hij dringt ze terug en draait om hen heen.

'LAAT ONS ERDOOR,' schreeuwt Benji.

Na een aantal minuten lukt het Benji en Antonio eruit te komen. Gehaast trekken ze de schaatsen uit en doen hun schoenen aan. Snel rennen ze naar buiten. Geen Aurek Bruntel te zien. Ze rennen naar de andere kant. Ook daar is geen Aurek Bruntel te bekennen.

'Die vent met die zonnebril,' zegt Antonio. 'Die heeft ons expres tegen gehouden.'

'Die lijkt op Von Lippenstein,' zegt Benji. 'Die mond, die neus.'

'Hoe dan ook, het ziet er naar uit dat je vader geen contact met je wil,' zegt Antonio.

'Wat doet hij dan hier?' vraagt Benji.

'Nou, je vader heeft hier gewerkt,' zegt Antonio, 'en misschien wil hij jou wel zien.'

'Misschien heeft hij wel met de directeur van het pretpark gesproken,' zegt Benji. 'Laten we dat meteen gaan vragen.'

'Nee, we moeten nu wel zo'n beetje terug naar het drakenkasteel,' zegt Antonio. 'Het is bijna etenstijd. Wie weet, zit je vader wel bij paps en mams.'

'Ja, misschien,' zegt Benji.

Dat is niet het geval, moet Benji tot zijn teleurstelling ondervinden.

'Jullie moeten Drimmel nog uitlaten,' zegt Sven streng.

De jongens zuchten, dan gaan ze maar later aan tafel. Eenmaal terug krijgen ze een echte kasteelmaaltijd, bestaande uit een pasteitje met ragout vooraf, spareribs om op te kluiven en als nagerecht een narrenpeer met een mutsje.

'Ha, nu hebben we nog twee narrenmutsjes,' fluistert Antonio tegen Benji.

'We hebben trouwens mijn vader nog gezien,' zegt Benji.

'Jij hebt je vader gezien, ik niet,' zegt Antonio.

'Je vader, waar?' vraagt Roos.

'Op de tribune bij het schaatsen,' zegt Benji.

'Je hebt je vast vergist, Benji,' zegt Sven. 'Het was natuurlijk iemand die op hem leek.'

'Waarom kan het niet?' vraagt Benji. 'Tenslotte heeft detectivebureau De Speurneus hem ook gesignaleerd.'

'Dat weten we nog niet zeker, Benji,' zegt Roos.

Het is duidelijk dat Roos en Sven Benji niet serieus nemen en hij zwijgt er over. Na de maaltijd gaan de jongens naar de kamer. Roos en Sven willen nog na genieten in de avondzon op het terras onder het genot van een Irish Coffee. Benji zet de robotjes Trot en Gurk eveneens de narrenmutsen op. Nu hebben alle robotjes een narrenmuts op en dat is een vreemd gezicht. Antonio maakt er met zijn iphone foto's van. Nu moeten ze de overige kegels proberen te openen. Voorzichtig tikt Benji met de hamer op een kegel. Er gebeurt niets. Nu slaat Benji harder met de hamer. Er gebeurt niets. Benji slaat nog harder met de hamer en er komt een deuk in de kegel. Hij gaat niet open.

'Het is zinloos, dit,' zegt Benji. 'We proberen een andere!'

Alle kegels gaan onder de hamer. Ze geven hun geheimen niet prijs.

'Misschien is de kegel die kapot is, de enige kegel die open gaat,' zegt Antonio.

'Dat lijkt me niet,' zegt Benji. 'Het teken van de Hunclis bestaat uit tien delen. Geef die bal eens.'

Benji bekijkt de bal. Ook daarin zitten gleuven. Met de bal tussen zijn benen en de hamer gaan hij aan de slag. Ook de bal blijft gesloten.

'Misschien zitten de andere delen van het teken van de Hunclis in andere voorwerpen,' zegt Antonio, 'en alleen Fajel weet waar de andere voorwerpen zijn.'

'Ja, misschien,' zegt Benji teleurgesteld.

'Ach, kop op,' zegt Antonio en hij pakt een kussen en slaat

daarmee Benji.

'Zo,' zegt Benji en hij pakt ook een kussen. 'Jij wil een kussengevecht houden, hier pak aan!'

Na een tijdje kussenvechten zegt Antonio: 'Laten we naar beneden gaan en ons bij paps en mams voegen.'

Voordat ze naar het terras gaan, gooit Benji de hamer in een grote prullenbak die bij de terrasdeuren staat. Roos en Sven zijn blij dat de jongens hen gezelschap houden en ze krijgen nog een ijscoupe. Daarna willen Roos en Sven met de jongens kegelen. Er zijn nog acht kegels over. Daar moeten ze het mee doen. Benji is weer aan de winnende hand, op de voet gevolgd door Sven. Sven pakt de bal en gooit hem naar de laatste kegel, die om moet vallen. Dat doet de kegel ook. Hij valt meteen in twee delen uit elkaar.

'Zie je nu wel,' zegt Benji. 'Wij zijn wel voorzichtig met de kegels. Dit gebeurde de vorige keer ook!'

Sven staat beteuterd te kijken met de twee delen in zijn hand.

'Wat een waardeloos spul,' zegt hij. 'Dat kun je wel weggooien!'

65

'Nee,' zegt Benji en hij raapt de kegels en de bal bij elkaar. 'Ik ga weer naar de kamer.'

Antonio haalt zijn schouders op en volgt Benji, de verbijsterde ouders achter zich latend.

'Het ziet ernaar uit dat ze vanzelf uit elkaar vallen,' zegt Benji, als ze op de kamer zijn.

'Nou, mogelijk komt het toch wel door de hamer,' zegt Antonio. 'Dan heb je hem toch los getikt.'

'Misschien wel, misschien niet,' zegt Benji. 'Stom dat ik de hamer weg heb gegooid. Laten we eens zien wat daar in zit.'

Benji pulkt met zijn mes in de bovenkant het tweede deel los. 'Zie je wel,' zegt hij. 'Weer een blad.'

Hij schudt met het blad en zegt: 'Het lijkt wel of er iets inzit. Het rammelt niet.'

'Laten we de hamer gaan halen,' zegt Antonio.

Dat vindt Benji een goed idee. Eenmaal bij de prullenbak aangekomen, zien ze tot hun teleurstelling dat deze geleegd is.

'Jammer, geen hamer,' zegt Benji. 'We zullen moeten afwachten tot er weer een open gaat of niet.'

'Wat doen jullie daar?' horen ze een harde stem.

De glow-in-the-darkstroom

Het is de stem van Sven.
'Ik dacht dat jullie al sliepen, staan jullie te schobbejakken rondom een vuilnisbak,' zegt hij.
'We waren net van plan om naar onze kamer te gaan,' zegt Antonio.
'Schiet op dan. Wij komen zo!' zegt Sven.

Nadat Benji en Antonio de volgende ochtend de hond hebben uit gelaten, gaan ze nog een keer in de woeste drakenrit en het drakenlabyrinth. Bij het daglicht ziet het labyrinth er vriendelijk uit. Niets meer herinnert zich aan hun wilde avonturen. De pepermuntjes- en dropmachine is ook weer gemaakt. Het is zelfs gemakkelijk om uit het labyrinth te komen. Logisch, want Antonio weet de weg op zijn duimpje en nu is het overdag. Ze checken uit het hotel en gaan met de drakenkabelbaan naar het vaste land en doen daar de black hole achtbaan nog een keer.
'Waar gaan we nu logeren, paps,' vraagt Antonio.
'Dat is nog een verrassing,' zegt Sven. 'Wacht af!'
Opeens is Benji verdwenen.
'Waar is dat jong toch?' vraagt Sven met een zekere irritatie in zijn stem.
'Die is natuurlijk de hond aan het uitlaten,' zegt Antonio.
'Al weer?' vraagt Roos verbaasd. 'Die hebben jullie pas uitgelaten. Nouja, laten we hier in de buurt blijven, dan zien we hem wel weer op komen draven.'
Benji is de hond niet aan het uitlaten, maar op weg naar de ingang. Hij wil de directeur spreken. Bij de ingang vangt hij bot, dus hij gaat naar het sprookjeshotel.
'Ik wil de heer Jansman spreken,' zegt hij aan de balie.
'Zo, wie ben jij dan wel?' vraagt de baliemedewerkster.
'Zeg hem dat het om Aurek Bruntel gaat,' zegt Benji.
'Wel, ik zal proberen of ik hem te pakken krijg en of hij tijd

heeft voor je,' zegt de medewerkster en ze belt.

'Wacht hier even, hij komt je zo halen,' zegt de medewerkster na dit telefoontje.

Eenmaal in de werkkamer van de directeur steekt Benji van wal. Dat hij Aurek heeft gezien in het pretpark.

'Zo,' vraagt de heer Jansman. 'Weet je het heel zeker?'

'Heel erg zeker,' zegt Benji.

'Mmmm, dan zal ik de gastenlijsten eens nakijken, of hij hier in het park logeert. Anders is het een gewone bezoeker of iemand die op hem lijkt, natuurlijk,' zegt de heer Jansman.

'Hij is door het detectivebureau dat paps en mams hebben ingeschakeld gesignaleerd in Amsterdam.' zegt Benji. 'Dus hij is het echt.'

'We zullen zien,' zegt de heer Jansman. 'Waar kan ik je bereiken?'

'Ik weet niet waar we vanavond slapen,' zegt Benji. 'Dat is nog een verrassing. Ik laat zelf wel wat van me horen.

'Dat is goed,' zegt de heer Jansman en hij staat op, om Benji uit te laten.

Benji verlaat de ruimte met onbestemde gevoelens. De directeur nam hem ook niet helemaal serieus, dat voelde hij. Het is ook vreemd, als een vermiste persoon zich niet aan anderen laat zien, alleen aan hem.

'Waar was je nou?' vraagt Sven boos, als hij weer in de omgeving van de black hole achtbaan komt.

'De hond aan het uitlaten,' is Benji's antwoord.

'Wil je dat dan voortaan even zeggen?' vraagt Sven. 'We hebben het hier wel gezien. We gaan nu naar het Piratenhol.'

Met een kleine boot gaan ze naar het Piratenhol. Sven loopt meteen naar het grote galjoen Miramar dat bij het Piratenhol ligt. Zwarte vlaggen met doodskoppen hangen aan de masten.

'Dit is de verrassing,' zegt Sven. 'Hier gaan we vanavond slapen.'

'O,' zegt Antonio. 'Dat is cool!'

'We kunnen nog niet inchecken, pas vanaf drie uur,' zegt

Sven. 'Dus we gaan eerst andere dingen doen.'

Zo gaan ze eerst bij eetcafe Den Ouden Piraat een piratenmenu eten. Er zijn vissticks in de vorm van visjes, er zijn frieten en er is een piratendrankje, dat groen van kleur is met veel prik. Daarna gaan ze naar de schipschommel Ferox, een enorm piratenschip dat heen en weer gaat, zo snel, dat Benji er misselijk van wordt. Ze gaan in de splasj, een enorme waterglijbaan met kleine piratenbootjes. Daar kom je niet droog uit, merken ze al snel.

'Van hier uit kunnen jullie gemakkelijk met een bootje naar het Zeemeerminnenrif,' zegt Roos. 'Daar is een leuk zwemparadijs. Wij blijven dan hier om in te checken.'

'Huh, zwemparadijs,' zegt Antonio. 'Ik ben al nat van de splasj!'

'Het is een idee,' zegt Sven. 'Jullie hoeven niet te gaan.'

'Laten we het doen,' zegt Benji.

Antonio gaat mokkend akkoord. Hij heeft er eigenlijk niet zoveel zin in. Het bootje dat ze moeten nemen is een motorboot, met begeleiding. Ze moeten een uur wachten tot er een boot beschikbaar is. De boot zit helemaal vol. Dan varen ze naar het Zeemeerminnenrif.

Er staat een hotelletje, het Schelphotel genoemd, waarbij twee nep-zeemeerminnen de bezoekers verwelkomen. Er is een zeepaardjeszweefmolen. Hoewel die voor de wat jongere kinderen is, gaan Benji en Antonio er toch op. Nu begint Antonio het toch leuk te vinden. Daarna is het tijd voor het zwemparadijs. Tijdens het douchen zet Benji de douche op koud. Hij vindt het nog steeds warm. Ook in het zwemparadijs zelf is het warm. Het hele zwemparadijs is ingericht met zeemeermin-achtige dingen. Er zijn ruwe neprotsen, er is nepkoraal, er zijn vele nepvissen en nepzeewier, en niet te vergeten vele nepzeemeerminnen en -mannen. Bovendien is er, op bepaalde tijden, een workshop zeemeermin. Vooral meisjes doen daar aan mee. Met een zeemeerminstaart leren ze weer opnieuw zwemmen. Een

69

beeld, gelijkend op Poseidon, spuit waterstralen in het rond en daar gaan de jongens eerst onder. Ze nemen de eerste van de drie glijbanen, die hen met razendsnelle vaart mee naar beneden neemt.

'Dit is te gek,' zegt Benji. 'Ik wil nog een keer.'

Ze nemen de glijbanen elk drie keer en vinden het dan tijd voor iets anders. Ze gaan in het warme bubbeltjesbad, waar tien personen in kunnen. Benji houdt het snel voor gezien. Veel te warm. Hij wacht aan de kant op zijn vriend. Dan gaan ze in de stroomversnelling, die buitenom loopt. Deels in een glow-in-the-darktunnel. Dat is pas kicken. Ze kunnen er geen genoeg in krijgen en gaan vele malen. Dan, ineens, in de glow-in-the-darktunnel wordt Antonio gegrepen door iemand. De man, of vrouw, duwt Antonio kopje onder. Antonio spattert en probeert te gillen als hij even boven water komt. Hoewel het water laag is, is er nog voldoende om in te verdrinken. Opeens laat de man, of vrouw, hem los. Iemand is tegen hem, of haar, aan gebotst. Antonio weet niet hoe snel hij de stroomversnelling af moet gaan. Hij kijkt angstig achterom en ziet vele mensen achter zich. Wie deed dat? Wat verderop in de stroomversnelling in de buitenlucht, in een rustiger gedeelte, wacht Benji.

'Waar bleef je nou?' vraagt hij.

'Iemand probeerde me te verdrinken,' zegt Antonio.

'Waarom is dat nu?' vraagt Benji. 'Dat is vast een grapje van één van die grote knullen.'

Hij wijst een groepje grote jongens aan, die ook staan uit te rusten en na Antonio kwamen.

'Ja, misschien,' zegt Antonio. 'In ieder geval durf ik er niet meer in.'

De jongens nemen even pauze en eten een broodje viskroket en drinken een icethee, bij de zeemeerminbar, in het zwembad.

'Ik zag helemaal niet wie het was,' zegt Antonio. 'Dat was zo eng!'

'Och, het is vast één van die jongens,' zegt Benji. 'Wat denk je, Antonio. Durf je?'

De attractie is voor Benji wel leuk, want in de buitenlucht is het tenminste nog koel.

'Nee, we gaan nog van die glijbaan,' zegt Antonio, wijzend op een aparte glijbaan in de verte.

Dat is een glijbaan met rubberen banden. Antonio vindt dit leuk en hij gaat meerdere keren. Na een tijdje begint het Benji te vervelen. Hij wil liever naar de stroomversnelling.

'Als je het buiten zo lekker vindt, dan gaan we naar het buitenbad,' zegt Antonio.

Zuchtend volgt Benji hem. In het buitenbad zijn verschillende massagestralen, waar de jongens van genieten. Bovendien is het een golfslagbad. Om het uur slaan de golven om de mensen heen.

'Kom mee naar de stroomversnelling,' bedelt Benji. 'We hebben nog een half uurtje.'

'Nou, vooruit,' zegt Antonio.

Hij volgt Benji, met enige spanning in zijn hart.

'Ik blijf dicht bij je,' zegt Benji.

Er gebeurt niets in de glow-in-the-darktunnel. Ze zien de vele vreemde, felgekleurde, vissen aan de wand en Antonio is gerustgesteld. De tweede keer echter, duikt de vreemde man, of vrouw op. Hij grijpt Antonio weer en duwt hem kopje onder. Benji ziet het en wil meteen ingrijpen. De persoon pakt hem ook bij zijn hoofd en duwt hem kopje onder, zo lang dat Benji naar adem snakt. Hij grijpt in het rond en krijgt de pols van de persoon te pakken. Het is een stevige pols en hij probeert deze van zijn hoofd los te rukken. Ineens laat de hand los en Benji komt, naar adem snakkend, naar boven. Nu ziet hij de figuur met beide handen op het hoofd van Antonio, dat zich onder water bevindt. Hij ziet ook de contouren van een mannelijk wezen. Dit is geen kwajongensstreek. Het is een bewuste poging tot verdrinking. Er ontstaat een opstopping achter de man en Antonio, die hij wild ziet spartelen.

71

Benji zwemt naar de man toe, tegen de stroom in, en duikt boven op zijn rug. Dan ziet hij ook dat de man een duikbril en een zwarte badmuts op heeft. De mensen achter het vechtende trio worden ongeduldig en beginnen te roepen.

'Stelletje onverlaten, spelen doen jullie maar ergens anders.'

'Schiet eens op, laat ons erdoor.'

Ze denken dat het een spelletje is. Opeens laat de man los en zwemt verder. Antonio komt boven water en hapt nog meer naar adem dan Benji.

'Gaat het, Antonio?' vraagt Benji.

'Pfff, nu gaan we eruit,' hijgt Antonio.

Dat lijkt Benji ook het beste, en tegen de stroom in, zwemmen ze naar de ingang. Eenmaal beneden ziet Benji een man op de uitgangstrap. Hij heeft een duikbril en een zwarte badmuts op. Benji herkent hem als de man die bij Aurek op de ijstribune was.

'Daar!' zegt Benji. 'Die vent die ons belemmerde bij de ijsbaan naar buiten te gaan.'

'Je hebt gelijk,' zegt Antonio.

Hoewel ze niet kunnen bewijzen dat hij betrokken is bij de verdrinking, volgen ze hem. Zodra hij dat door heeft, gaat hij in een drafje naar de uitgang. De jongens volgen hem. Antonio glijdt uit, boven op zijn arm. Au, dat doet zeer. Hij wrijft over zijn zere arm, terwijl Benji hem meetrekt. Het is geen doen om de man in de aankleedhokjes te vinden. De jongens rennen voortdurend van serie aankleedhokjes naar serie aankleedhokjes. Het is zinloos. Benji en Antonio besluiten zich aan te gaan kleden.

'Waarom wil hij jou verdrinken?' vraagt Benji.

'Geen idee,' zegt Antonio.

'Stel je voor dat het inderdaad die man is, die bij Aurek was,' zegt Benji. 'Waarom doet hij dat?'

'Geen idee, mogelijk omdat ze bang zijn, dat je me alles hebt verteld,' zegt Antonio, terwijl hij zijn voeten afdroogt.

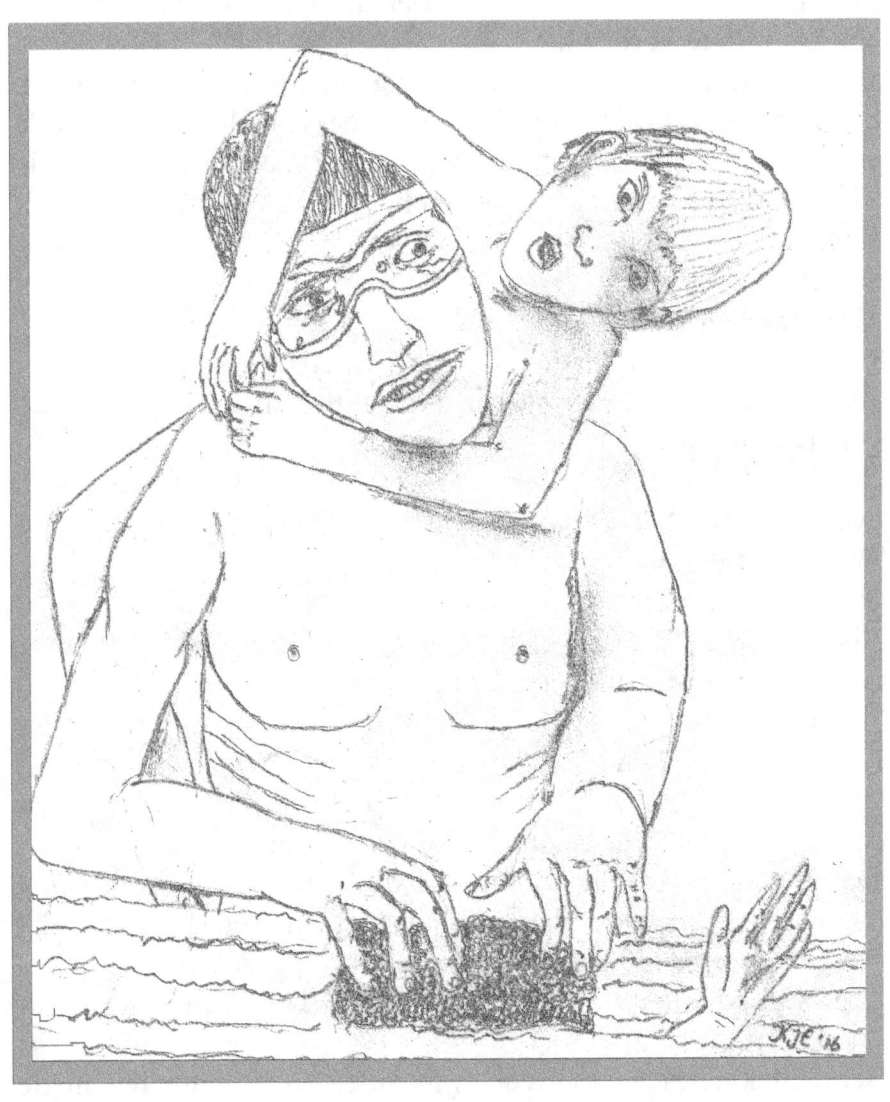

'Dat is toch ook zo,' zegt Benji, 'maar dit gaat te ver. Dat zou mijn vader nooit willen.'
'Misschien is je vader ook een verrader,' zegt Antonio.
'Nee, dat geloof ik niet,' zegt Benji boos. 'Dat kan niet!'
'Nou, sorry,' zegt Antonio. 'Ik vind het alleen wat vreemd.'
Daar had Antonio gelijk in. Het is vreemd. Benji denkt na, mogelijk heeft de man op eigen houtje gehandeld. Hij kan

73

zich niet voorstellen dat zijn vader de opdracht had gegeven om Antonio te verdrinken.

Ze zijn stil als ze met de boot teruggaan naar het Piratenhol. Ze zijn ook stil tijdens de scheepsmaaltijd. De rode piratensoep, in feite tomatensoep, vinden ze niet lekker. In de Alle-hens-aan-dek vleesspies hebben ze ook geen trek en het Vliegende Hollander-toetje, ijs, eten ze wel op, maar lusteloos.

'Wat mankeert jullie?' vraagt Roos.

'Niets, we zijn een beetje moe,' zegt Benji.

'Ja, door het zwemmen natuurlijk,' zegt Sven. 'Dan gaan jullie vlug naar de hut.'

De hut is klein en comfortabel. Er staan vier kajuitbedden in, twee boven elkaar. De jongens slapen elk boven.

'Wij laten de hond wel uit,' zegt Roos.

'Welterusten, mams,' zegt Antonio.

Als Roos weg is, fluistert Antonio tegen Benji: 'Wat zullen we nog meer voor avonturen hier beleven.'

'Ik weet het niet,' zegt Benji. 'Ik weet alleen dat het met mijn vader te maken heeft.'

'Ja, met je vader,' zegt Antonio. 'Ik begrijp niet, dat hij geen contact zoekt met onze ouders, of met de directeur.'

'Dat is waar ook,' zegt Benji. 'De directeur zou de gastenlijst nog nakijken. Ik moet daar nog naar informeren. Laten we dat morgen doen, dan kunnen we ook Drimmel uit laten.'

'Dat is goed,' zegt Antonio en niet veel later valt Antonio in slaap.

Benji piekert zich suf over zijn vader en de aanval van de man met de duikbril en de badmuts.

De derde kegel

De volgende dag nemen ze vroeg een eenvoudig ontbijt. Ze blijven er nog een nacht, voordat ze doorgaan naar een nieuwe slaapplek. Zorgvuldig bewaart Sven dit geheim als een verrassing.

'Ik hoop dat we naar het sprookjeshotel gaan,' zegt Antonio.

'Ja, of naar de ufo-toren,' zegt Benji.

'Daar zijn we pas geweest.' zei Antonio. 'Dan wil ik liever naar het heksenhotel.'

'Ik zal jullie zeggen, dat jullie ergens logeren wat nog onbekend voor jullie is,' zegt Sven.

De jongens gaan, voordat ze Drimmel uitlaten, nog een keer in de schipschommel en de woeste golven bootjesbaan. Dat is een rupsband, die voor de wat jongere kinderen bestemd is. Toch voelen Benji en Antonio zich nog jong genoeg. Ze laten de hond uit en lopen direct daarna door naar het sprookjeshotel. Terwijl Antonio zich vergaapt aan de lijst met de sprookjeskamers en zegt dat hij wel eens in de Peter Pankamer wil, gaat Benji informatie opvragen.

De baliemedewerkster belt en zegt even later: 'Mijnheer Jansman heeft nog niet naar de lijst gekeken.'

'Jammer,' zegt Benji. 'Als hij me wil bereiken, ik slaap ...'

Opeens beseft Benji dat hij niet kon zeggen waar hij is, niet alleen omdat hij het nog niet weet. Dan zouden zijn ouders er zeker achter komen dat hij stiekem de lijst heeft opgevraagd.

'Ik weet het niet, dat is nog een verrassing,' zegt hij daarom, naar waarheid.

Ze gaan zonder terug te keren naar hun ouders, naar het Kriebelwoud. Daar is de speeltuin met attracties die ze leuk vinden. Veel kinderen spelen daar en hun ouders kijken toe. Vlakbij is een camping, waar mensen in een vlindertent kunnen kamperen. Dat is het goedkoopste onderdak van Uitje-Bol.

'Misschien gaan we wel naar de camping,' zegt Antonio. 'Slapen in een tent.'
'Dat lijkt me ook leuk,' zegt Benji.
De speeltuin is omgeven door bomen, zodat er genoeg schaduwplekken zijn, dit tot groot genoegen van Benji.

Ze bekijken de speeltuin en zien kinderen op de muggenwip, op de libelleglijbaan, op de kleine mierenwipschommels, op de slakkentrapauto's, op de dubbele krekelschommels. Er is een vliegdraaimolen, die vliegensvlug in de rondte gaat, er is een grote schommel in de vorm van een duizendpoot met allemaal verschillende schoenen aan. Dan is er nog een draaiende trommel, die het geluid van duizenden wespen maakt als hij gebruikt wordt, en die ze het wespennest noemen. Er is ook een bijenkorf, waar de poppenvoorstelling 'Bibi de bij en de fleurtjes' vertoond wordt. Er is een krioelnor, gevuld met een levensgrote bromvlieg, een

76

kakkerlak, een pissebed en een sprinkhaan. Als ze op de knopjes drukken gaan de insecten bewegen. Benji kijkt zijn ogen uit. Antonio wijst op de wormtunnel. Benji bekijkt de wormtunnel nog eens goed.

'Dat we hier hebben in gezeten,' zegt hij.

'Ja, dat is nauwelijks voor te stellen,' vindt Antonio.

Benji en Antonio gaan op de dubbele krekelschommels en vervolgens in de lieveheersbeestjesbotsauto's.

Daarna gaan ze in de rupsmonorail, die van bovenaf een leuk kijkje op de speeltuin geeft. De speeltuin is al oud, nog voor de tijd dat Sven er kwam werken. De toestellen zijn echter goed onderhouden. Boven-dien is er onder de leiding van Sven, in de spinnengrot, een nieuwe attractie gebouwd, de dansende spinnen. Ze gaan in de spinnengrot. Helemaal voor-aan bevindt zich een terrarium met echte spinnen. Ze willen echter verder. Daarvoor moeten ze op de ragbrug, een stevige brug. Op het moment dat ze op de brug stappen, die stevig wiebelt, kom er een enorme spin naar ze toe, met bewegende kaken, kriebelende poten en hongerige ogen. Snel rennen ze over de brug, want hoewel de spin niet echt is, vinden ze dit toch erg angstaanjagend. Dan staat er een grote toren met twee grote spinnen, de dansende spinnen, bovenop en aan draden hangen stoeltjes. Benji en Antonio nemen, na een tijd wachten, plaats. Nu beginnen de spinnen te draaien en te dansen en de toren ook. Ineens voelt Benji dat hij omhoog getrokken wordt. Antonio is nog beneden. Het volgende moment gaat Benji omlaag en wordt Antonio omhoog getrokken, tot vlak bij de spinnen, om vervolgens weer terug naar beneden te dalen. Zo gaat dat een tijdje door. Het is een leuke attractie en het duurt lekker lang. Daarna kunnen ze nog een virtual realityfilm zien over spinnen. Deze film heet 'Webben met z'n tienen tegelijk.' Dat is heel erg eng, want door een speciale bril zien ze van voor, van opzij en van achteren. Als ze achter de spinnen bezig zien zijn, voelen ze het kriebelen en dan kijken ze naar voren en komt er een

77

grote spin op ze af. Ze zijn overal. Dan zien ze als het ware een hand, die net hun eigen hand is, en daar kruipt ook een spin op. Benji vindt dit levensecht en slaat, net als de anderen, om zich heen. Gelukkig is er genoeg ruimte tussen de mensen, want anders zouden ze elkaar per ongeluk slaan. In de honing- en kaarsenwinkel, de Imkerij, achter de bijenkorf koopt Antonio een kaars van bijenwas in de vorm van een bijenkorf, voor Roos. Hij laat hem in een feestelijk folie met een lintje inpakken. Er is ook een klein theehuisje bij, waar ze honingwafels en appels met honingsaus en meer van dat lekkers verkopen. Benji koopt bij de snoepwinkel wormen, kakkerlakken en spinnen van allerlei soorten drop en winegums, wel een zak van een kilo. Daarna lopen ze langs de vlindertuin. Daar kan je lekker eten, ziet Benji op de kaart die op het raam hangt. Hij ziet bedienstes met vlindervleugels de bestellingen opnemen. Het zit overvol.

'Rupsenpate, regenwormsoep, slakken, vlindersalade, honingpannekoekjes,' zegt Benji. 'Dat is natuurlijk ook niet in alle gevallen echt.'

'Jawel, dat is wel echt,' zegt Antonio. 'Weet je dat dan niet, dat mensen echt insecten eten?'

'Gatver,' zegt Benji. 'Je neemt me in de maling.'

Na zich een tijd vermaakt te hebben in het Kriebelwoud keren ze terug naar het Piratenhol.

'Paps en mams zullen zich wel afvragen waar we blijven,' zegt Benji.

'Nou, zo lang zijn we toch niet weg gebleven, of wel?' vraagt Antonio.

Sven en Roos zijn echter nergens te bekennen en ze besluiten zich te gaan vermaken op het adventure-eiland. Er is een klimwand. Benji durft dat niet. Antonio durft wel, maar niet zo hoog. Halverwege de wand laat hij zich weer zakken. Netten en houten bruggen zijn tussen de bomen gespannen en daar moeten ze zich door verplaatsen, wat aardig wankel is. Er zijn tunnels met modder, waar ze in moeten kruipen. Ze worden aardig smerig en spoelen zich af onder een nepwaterval. Ze gaan in de schatgrot, waar ze op goud kunnen vissen. Dit moeten ze wel weer teruggeven. Dat geeft niets. De jongens hebben plezier voor tien en zijn het hele voorval in het zwembad vergeten. Pas als ze besluiten een patatje te gaan eten op het terras van Den ouden piraat, komt het terug. Vrolijke piraten dansen om hen heen. Daar trekken ze zich niets van aan.

'Ik ga niet meer terug naar dat zwembad,' zegt Antonio. 'Mij veel te eng.'

'Die man kan toch niets doen, met zoveel mensen erbij,' zegt Benji.

'Daar is hij,' fluistert Antonio. 'Niet kijken, hij zit daar.'

Benji draait zich toch om. Er zit daar inderdaad een man met een zonnebril en een zwarte muts.

'Wie draagt er nu een muts met dit weer?' vraagt Benji. 'Dat is inderdaad verdacht. Hij lijkt op Van Lippenstein.'

'Hij kijkt naar ons,' zegt Antonio. 'Hij kijkt in ieder geval onze richting uit.'

'Ik vind het eng,' zegt Benji. 'Misschien heeft hij wel een pistool bij zich en begint hij te schieten.'

'Zo, zijn jullie hier?' horen ze ineens de stem van Sven.

'We zijn het hele park door gelopen, op zoek naar jullie,' zegt Roos.

'We zijn even naar het Kriebelwoud geweest,' zegt Antonio.

'Kunnen jullie dat niet even zeggen?' vraagt Roos en ze schuift aan.

'Ja, sorry,' verontschuldigd Antonio zich en hij geeft de kaars aan Roos. Roos is blij met de kaars. Toch schudt ze met haar hoofd, alsof ze wil zeggen: 'Wat moet ik toch aan met jullie?'

Benji kijkt weer achterom en ziet dat de man met zonnebril weg is.

'Nou, we gaan naar Feeënstad,' zegt Sven, 'want straks begint de parade.'

'O, op het plein waar vroeger de verkeerstuin stond,' zei Roos.

'Dat lijkt me wel wat. De jongens moeten zich wel omkleden, want ze zijn smerig.'

Dat was zo, het water heeft niet alle modder verwijderd. Veel mensen staan op de parade te wachten. Benji kijkt of hij de man met de zonnebril ergens ziet, of zijn vader. Hij is de hele parade bezig de omgeving af te speuren en mist zo veel van de leuke stoet die langskomt. Wagens vol kabouters, elfen en zeerovers komen langs.

'Kijk, Benji!'

Antonio tikt hem aan bij het zien van een wagen vol trollen.

'Ja,' zegt Benji, hij kijkt even en dan is zijn zicht weer gericht op de rij achter hem.

Hij realiseert zich dat in ieder geval de man met de zonnebril op de gastenlijst moet staan. Mogelijk als Van Lippenstein.

'Volgens mij heb je niets gezien,' zegt Antonio later, als ze weer teruggaan naar het Piratenhol.

'Nee, dat klopt,' beaamt Benji. 'Ik moet die man met de zonnebril in de gaten houden.'

'Misschien is de man met de zonnebril en de man met de duikbril niet dezelfde,' zegt Antonio,

'Absoluut wel,' zegt Benji. 'Het is dezelfde man.'

'Daar moeten we dus voor uit kijken!'

Het diner, weer aan boord, bestaat uit een een bakje zeevruchten als voorgerecht, visgoelash ala Zirk de Zeerover en een vruchtenschuit toe. Dit keer eten de jongens wel en met smaak. Er is die avond een grote piratenshow op het eiland met vuurspuwende piraten. Dat willen de jongens niet missen. Eerst gaan ze nog naar de hut.

'Ik moet toch die kapotte kegels weggooien,' zegt Benji.

Hij pakt de zak met kegels en haalt de kapotte eruit. Dan ziet hij het. Er is er weer een gebroken, de derde al.

'Dan gaan ze toch uit zichzelf kapot,' zegt Benji. 'Ik ga snel het blad eruit halen.'

'Doe dat later, we missen zo de show,' zegt Antonio.

Zuchtend stopt Benji de kapotte kegels weer terug.

Weer ingebroken

De volgende dag staan Benji en Antonio vroeg op. Hun ouders slapen nog. Benji neemt de drie kapotte kegels mee en eenmaal buiten, haalt hij met het mes van Gurk uit de ene kegel het blad los.

'Die kegels gaan dus vanzelf open,' zegt Benji.

'We weten niet wanneer,' zegt Antonio.

Benji gooit de kapotte kegels weg in de vuilnisbak. Ze willen de hond uitlaten. De eerstvolgende boot vertrekt pas om zeven uur, waarop ze met het blad gaan spelen. Benji schept op dat hij met gemak naar de andere kant kan zwemmen.

'Dat kan niet, want er zitten krokodillen in het water,' zegt Antonio.

'Ha ha,' lacht Benji. 'Die komen hier niet voor. Weet je nog, ik heb er al een keer gezwommen.'

'Ja, dat is zo,' zegt Antonio. 'Nu ga je dat toch niet doen, toch?'

'Nou, het water is lekker koel,' zegt Benji. 'Nee, ik ga toch maar met de boot mee.'

Als ze weer terug zijn krijgen ze het laatste ontbijt.

'Zo,' zegt Sven. 'Nu trekken we weer verder.'

'Ik wil nog even in de splasj,' zegt Benji.

'Ik nog in de schipschommel,' meent Antonio.

Ze krijgen hun zin en daarna gaat de hele familie op de boot en op weg naar het Trollenbos.

'Daar ligt ons nieuwe onderkomen,' verklapt Sven. 'Een boomhut. We moeten zelf koken.'

'O, een boomhut,' zegt Antonio enthousiast.

'Niet zo'n boomhut als van jullie,' zegt Sven. 'Deze is veel groter en mooier. Er zit zelfs een douche in en een keukentje.'

'Supervet!' zegt Antonio.

Omdat ze ook pas om drie uur kunnen inchecken zorgen ze voor vermaak. Zo gaan ze naar het moeras met de handen. Nu zitten ze wel vast in de handen en het is een ritje dat de jongens tot vervelends toe opnieuw doen. Dan gaan ze met de boomstamfietsjes. De boomstamfietsjes gaan via een hoge brug over het Trollenbos. Overal zien ze trollen in de bomen, ze fietsen langs de achterkant van enkele boomhutten, waaronder hun eigen boomhut, en zien wat er allemaal beneden te doen is. Ze gaan naar het grottendoolhof, een donker doolhof, waar ze hopeloos verdwalen en komen uiteindelijk in de vleermuisgrot, waar echte vleermuizen hun kunsten vertonen. Er vliegt bijna een vleermuis in Benji's haar, Dat lijkt maar zo. Vleermuizen hebben een ijzersterk richtingsgehoor. Na dit avontuur komen ze in de boomtapperij. Daar moeten ze voor betalen. Dan kunnen ze ook allerlei lekkere limonades uit de nepbomen tappen. Benji proeft de sinaasappel-, de druiven- en de kersenlimonade. Dat is heerlijk. Het lijkt wel of er een engeltje op zijn tong fietst. Het doet hem denken aan Piron, daar is ook zoiets, de fonteinen van Ivorkan. Dat is gratis voor kinderen, zoals al het eten en drinken daar gratis is.

'Het lijken wel robotbomen,' zegt Benji. 'Ze kunnen zich vast niet verplaatsen.'

'Niks robots aan,' zegt Antonio. 'Ze zijn gemaakt van kunststof en er zit een tapinstallatie van binnen.'

Tegen de tijd dat ze met alle activiteiten klaar zijn, wil Roos gaan koken. Sven zegt dat ze beter naar de trollensnackbar kunnen gaan. Het is druk in de snackbar. Dat is overal zo. Als ze eindelijk aan de beurt zijn, bestellen ze twee XL-trollenfrikandellen, een berenklauw, een moeraskroket en vier frites. Als toetje nemen ze hemelse modder, een overheerlijk chocoladetoetje. Omdat op het terras alle plaatsen bezet zijn, nemen ze het mee naar de boomhut en peuzelen ze het op de veranda op. De moeraskroket is gevuld met vlees en brocolli, de berenklauw is een hapje met gehakt en veel ui en de frikandellen, die zijn gewoon groot. Benji en Antonio hebben elk zo'n frikandel en ze laten een deel ervan staan. Ze zitten vol. Roos loopt naar het keukendeel om het afval weg te gooien en kijkt door het raam naar buiten. Zo heeft ze zicht op de boomstamfietsjes.

'Nouja,' zegt ze, als ze terugkomt. 'Wat een grote lijp op dat fietsje. Die zijn toch voor kinderen! Ik begrijp niet dat ze dat toelaten!'

'Ach, grote lijpen moeten ook wat,' zegt Sven.

'Deze was wel erg lang,' zegt Roos. 'Hij zag er ook raar uit, met een donkere zonnebril en een zwarte muts.'

'Ieuw,' zegt Benji angstig.

'Nou, je hoeft er niet bang van te zijn. Lijpen komen er ook in Uitje-Bol voor,' lacht Roos.

Benji en Antonio weten meer. Ze vermoeden dat het die Van Lippenstein is. Wat moet hij bij de boomhutten?

Na het eten gaan ze naar de trollenkaraoke in het openluchttheater. Antonio vindt het leuk. Hij houdt wel van zingen en mag ook meedoen. Hij doet Justin Bieber na en Benji kan zijn lachen niet inhouden. Het gaat hartstikke vals. Dat hoort Antonio niet. Hij heeft het grootste lied, maakt daar stoere bewegingen bij en neemt met een buiging het magere applaus in ontvangst. Er zijn mensen die het beter doen en de winnares is een meisje van twaalf, dat Kate Perry na doet.

Het is weer slaaptijd. De blokhut is inderdaad comfortabel met aparte slaapkamers, een met een tweepersoonsbed en een met een stapelbed.

Eenmaal in het slaapkamertje zegt Benji: 'Het lijkt wel of die Van Lippenstein ons blijft achtervolgen.'

'Ja, hij neemt zelfs een trollenfietsje,' zegt Antonio.

'Ik voel me onveilig,' zegt Benji.

'Ach, hij kan niets doen,' zegt Antonio, om Benji op te peppen. Benji is er echter niet gerust op.

Benji kijkt of er weer een kegel is gebroken. Hij ontdekt er geen.

'Morgen ga ik informeren of er iets op de gastenlijst staat,' zegt Benji. 'Hij zal er nu toch wel eens mee klaar moeten zijn.'

'Stel je voor dat Aurek Bruntel er op staat,' zegt Antonio. 'Wat doe je dan?'

'Nou, dan kunnen we er samen met de directeur naar toe,' zegt Benji.

'Ja,' zegt Antonio. 'Dat zou kunnen.'

Die nacht heeft Benji weer een nachtmerrie. Over zijn vader. Hij ziet zijn vader naar hem lachen. Die onmiskenbare lach, dat weet hij nog goed. Dan spat zijn vader uit elkaar. Hij ziet een gemene Gigon, die met een apparaat staat waarmee hij zijn vader heeft vermoord. Nee, nee, roept Benji. De Gigon richt het ronde apparaat op hem. Hij voelt zich uit elkaar spatten.

'Nee, nee,' roept Benji in zijn slaap. Antonio word ervan wakker.

'Wat is er, Benji, waarom roep je 'nee, nee?' vraagt Antonio. Benji slaapt door, stilletjes en Antonio besluit ook te gaan slapen.

De volgende dag is Benji vroeg wakker. Antonio slaapt nog. Het schuift zijn voeten in zijn sloffen en kijkt of er een nieuwe kegel is gebroken. Dat is niet zo. Hij staat op, loopt naar de kamer en doet stilletjes de slaapkamer van zijn ouders open. Ook hier is alles in stille rust. Tijd om Drimmel uit te laten en naar de gastenlijst te informeren. Hij kleedt zich aan en vertrekt. Hij merkt echter niet dat hij gevolgd wordt door een lange man met een zonnebril. Het is niet druk, zo in de ochtend is er nog wat stilte. Het is pas zeven uur. Hij gaat eerst Drimmel uitlaten.

'Ach, jij weet niets van de zorgen van een jongen,' zegt Benji hardop tegen de hond. 'De zorgen om mijn echte vader.'

Drimmel biedt hem een luisterend oor. Af en toe blaft hij vrolijk.

'Als mijn vader nu eens contact met mij opneemt, of Fajel,' zegt Benji. 'Dan zou ik een stuk wijzer worden. Dan zou ik ook weten wat de betekenis is van die bladeren in de kegels. Okee, ik begrijp wel dat ze bij het teken van de Hunclis moeten horen. Ik weet niet waarvoor ze zijn.'

De hond blaft weer, alsof hij weet wat Benji zegt. Benji besluit Drimmel terug te brengen en weer merkt hij niet dat hij wordt gevolgd. Daarna gaat hij naar het sprookjeshotel. Daar belt de baliemedewerkster met mijnheer Jansman. De directie-assistente komt echter met een lijst in haar handen.

'Ik heb gezocht in het overzicht van afgelopen dagen. Echter, geen Aurek Bruntel gevonden,' zegt ze.

'Ook geen Van Lippenstein,' vraagt Benji.

Ze kijkt de lijst na en zegt dan: 'Nee, het spijt mij.'

'Dan zijn ze hier onder valse namen,' denkt Benji onthutst.

Met de pest in zijn lijf gaat hij terug naar het Trollenbos. Roos staat eieren te bakken.

'Die heeft je vader net bij de supermarkt hier in de Trollenbos gehaald,' zegt ze. 'Wat denk je, wat zullen we vanavond eten? Wat moet je vader nog halen?'

'Spaghetti met trollenogen,' zegt Antonio. 'Argentijnse trollenogen!'

'Spaghetti met trollenogen,' herhaalt Roos. 'Goed, daar wordt dan voor gezorgd.'

'Hoe kom ik dan aan die trollenogen?' zegt Sven. 'Moet ik die uit de trollen gaan halen.'

'Ha ha, nee, stumper, neem gehakt en olijven mee,' zegt Roos. 'Ik verzin wel wat.'

'Zo, jongens, wat gaan we vandaag doen,' zegt Sven.

'Nou, ik wil wel naar Toverstad,' zegt Antonio,

'Ik ook wel,' zegt Benji.

'Dan doen we dat,' zegt Sven.

In Toverstad kijken ze hun ogen uit. Er zijn kleine huisjes, met daken die op puntmutsen lijken. Die kunnen gehuurd worden en zijn in deze periode ook allemaal verhuurd. Ze gaan de uitkijktoren met de grote puntmuts in en kunnen vandaar uit over een groot deel van het park kijken. De cakewalk in de vorm van een toverboek laat Benji links liggen, want hij herinnert zich nog de vorige keer, dat hij telkens viel, ondanks dat hij erg lenig is. Echter, het trappendoolhof vindt hij leuk. Hij vermaakt zich in een googhelwinkel, Tover en Trucs, waar hij allerlei trucs laat uitleggen, Hij koopt de truc met de afgesneden vinger in het doosje en jaagt daarmee zijn ouders de stuipen op het lijf. Het leukst vinden de jongens het in de toverbol. Daarin worden de bezoekers rondgedraaid, zoals in een centrifuge. De binnenkant van de bol neemt allerlei kleuren aan. Een beetje duizelig komen ze eruit, om vervolgens in de rij te staan om nog een keer te gaan. Gelukkig staan ze hiervoor in de schaduw van de bomen, zodat Benji de warmte kan verdragen. Aan het eind van de middag kunnen ze nog naar een theatershow in het theater Spreuken en Spritsels, die geheel in stijl is van een domme tovenaar, die probeert te toveren, maar telkens weer fouten maakt. Benji weet dat een hoop tovenarij gewoon googheltrucs zijn. Hij ziet Antonio enthousiast kijken en besluit niets te zeggen.

Eenmaal weer buiten zegt Antonio: 'Vetcool was die show, die googheltrucs die de tovenaar uithaalde en telkens liet mislukken, totdat het goed ging.'

'Dus jij weet ook dat het googheltrucs waren,' zegt Benji.

'Natuurlijk weet ik dat!' zegt Antonio. 'Ik ben veel slimmer dan jij.'

'O, kijk,' zegt Benji plotseling. 'Mijn vader.'

Hij wijst naar een blonde man, een heel eind verderop.

'Ja, dat is hem,' zegt Antonio. 'Vlug naar hem toe.'

De jongens beginnen te rennen, tot verbazing van Roos en Sven. De blonde man heeft zich omgedraaid en zet het ook op het rennen.

'Benji, Antonio!' horen ze Roos en Sven roepen.

De man is een hoek omgeslagen en eenmaal daar zien Benji en Antonio hem niet meer. Intussen zijn Roos en Sven daar ook.

'Wat is dat nou?' vraagt Roos. 'Wie rennen jullie achterna?'

'O, eh,' zegt Benji. 'We dachten iemand van school te zien. Het is vast een vergissing.'

Het is weer een leugentje om bestwil, omdat Benji Sven en Roos niet ongerust wil maken. Antonio houdt zijn mond.

Ze gaan terug naar het Trollenbos, waar Sven nog snel wat boodschappen gaat halen en Roos, Benji en Antonio naar de boomhut gaan. Daar staat hen wederom een onaangename verrassing te wachten. Er is ingebroken en alles ligt overhoop.

'Nou ja, op klaarlichte dag,' zegt Roos. 'Hoe kan dat nu?'

Benji gaat meteen kijken of de kegels en de bladeren er nog

liggen. De robotjes, het teken van de Hunclis en het weetschijfje, neemt hij standaard mee. Gelukkig, het ligt er nog.

'Dat is vast het werk van die grote lijp,' zegt Roos. 'Die op dat trollenfietsje.'

Voor de tweede keer in een korte tijd wordt de politie ingeschakeld en er wordt door Roos een profiel aan ze gegeven van 'de grote lijp'. De rommel wordt opgeruimd. Er is niets verdwenen. De politie zegt dat het wel vaker gebeurt in het park en dat er voor waardevolle spullen kluisjes kunnen worden gehuurd. Sven en Roos willen dit meteen doen. Ze eten hun spaghetti met trollenogen, veel later dat verwacht, snel op. Antonio eet met smaak de balletjes gehakt, gevuld met olijven. Benji heeft niet zoveel trek. Meteen na het eten gaan de vier naar het sprookjeshotel waar de kluisjes zijn. Benji stopt er ook, in een portomonnee, het teken van de Hunclis en het weetschijfje bij. Sven doet zijn dure camera erin.

'Dat is fraai,' moppert hij, 'dat er zelfs in dit park wordt ingebroken.'

'Tegenwoordig zitten ze overal,' zegt Roos. 'Nog een geluk dat de dader niets heeft meegenomen.'

'Wat zou hij mee moeten nemen dan,' vraagt Sven, 'De camera, onze mobiele telefoons, ons geld. We nemen alles mee.'

'Dan is waar,' zegt Roos. 'Voor de nacht vind ik het wel een veilig gevoel dat je camera nu in een kluis ligt en de spullen van Benji natuurlijk.'

'Ja, Benji, waarom heb jij eigenlijk je portomonnee in de kluis geborgen,' zegt Sven. 'Zoveel zakgeld heb je toch niet.'

'Nou, toch wel voldoende,' zegt Benji. 'Ik vind het net zoals jullie een veilig gevoel. Antonio heeft zijn zakgeld al bijna opgemaakt, dus die heeft niet veel op te bergen.'

Ze besluiten in het sprookjeshotel naar een film te gaan kijken. De zaal zit echter al vol. Ze keren dus terug naar de boomhut. Het is inmiddels al te laat voor het trollentheater, dat om zeven uur zou worden gehouden, dus ze gaan in de boomhut zitten. Het is toch niet zulk lekker weer, de lucht ziet grauw. Gelukkig is er een leuke film op de televisie, die ook in de boomhut staat. Zo langzamerhand betrekt de lucht steeds verder en het gaat onweren.

'Zitten we wel veilig in de boomhut?' vraagt Roos.

'Natuurlijk, ze hebben overal bliksemafleiders geplaatst,' zegt Sven. 'In de laagste bomen hier hebben ze de boomhutten geplaatst.'

Toch is Roos wat angstig en pas wanneer de bui, die vlak boven hun hoofd is, voorbij trekt, wordt ze weer wat rustiger. Benji en Antonio besluiten naar hun kamer te gaan. Daar ziet Benji dat de vierde kegel open is. Hij peutert er weer een blad uit.

Ze gaan met een gerust hart slapen. Halverwege de nacht wordt Benji wakker. Hij heeft honger en gaat in de koelkast kijken of er nog iets te eten is. Er staat een halve appeltaart en daar heeft hij wel trek in. Hij pakt een bordje en snijdt een punt af. Net als hij deze in zijn mond wil stoppen, komt Sven de kamer in.

'Zie je wel, ik hoorde al wat!' zegt Sven. 'Stiekem snoepen? Ga je nest in!'

'Paps, ik heb honger,' zegt Benji.

Sven pakt het bordje en de punt van hem af en zegt: 'Niets mee te maken, ga je bed in!'

'Wat is hier een de hand,' zegt Roos, die ook wakker is geworden.

'Mijnheer heeft honger en pakt een grote appelpunt,' zegt Sven. 'Alsof er niets anders in de koelkast ligt.'

'Nou en, laat hem toch,' zegt Roos.

'Nee, daar komt niets van in,' zegt Sven boos.

Hij zet de appeltaart weer koelkast en stuurt Benji naar zijn bed. Benji heeft een rammelende maag en kan de slaap niet meer vatten.

Tegen de ochtend besluit hij weer, net als de dag ervoor, de hond uit te gaan laten. De robotjes liggen veilig onder het bed en het teken van de Hunclis en het weetschijfje safe in de kluis. Hij neemt niets mee. Hij merkt weer niet dat hij gevolgd wordt. Eenmaal bij de kennel, vlak bij het sprookjeshotel, neemt hij Drimmel mee voor een korte wandeling. Hij heeft geen zin om te praten tegen de hond, dus doet dat ook niet. Na een tijdje gaat hij weer terug en levert Drimmel af.

'Nog een dagje, is het niet,' zegt de dame, die de hond naar zijn hok terugbrengt.

'Ja en morgen ook nog,' zegt Benji. 'Dan weer terug naar huis. Het is wel leuk geweest.'

'Ja, er is hier genoeg te doen,' zegt de dame. 'Tot vanmiddag weer.'

Benji loopt terug. Opeens voelt hij een hard voorwerp in zijn rug en hoort hij een bekende stem. De stem van Van Lippenstein.

'Niet omkijken, ik heb een wapen in mijn hand,' zegt de man. 'Gewoon doorlopen.'

Gevangen

'Wat zullen we nu hebben,' zegt Benji.

'Kop dicht en doorlopen,' zegt de man.

De man neemt hem mee naar een zij-ingang van het sprookjeshotel. Daar lopen ze een trap af naar beneden. Ze komen in de wijnkelder en lopen die helemaal door. Daar is nog een trap. Die gaan ze af. Er is een deur, daar gaan ze doorheen. Het is in die ruimte heel erg donker. De man sluit de deur en Benji wordt een beetje radeloos van de duisternis waarin ze zich bevinden.

'Het heeft een tijd geduurd voordat we deze ruimte vonden,' zegt de man. Hij knipt een zaklantaarn aan. Hij heeft een donkere zonnebril en een zwarte muts op en hij houdt het wapen, een straalwapen, op Benji gericht.

'Wat wilt u van me?' vraagt Benji.

'Dat weet je wel,' zegt de man. 'Voor het geval je het niet weet, ik wil de weetschijf.'

'Ik weet van niets, ik weet niet eens wat een weetschijf is,' zegt Benji.

'Lieg niet!' zegt de man.

'Waarom vraagt mijn vader het niet gewoon aan mij,' zegt Benji.

'Ik weet niet waar je het over hebt. Kom op met die weetschijf!' zegt de man.

'Daar weet ik niets van,' houdt Benji vol. 'Waarom probeerde u Antonio te verdrinken.'

De man zweeg.

'We hebben gezocht in jullie huis, en in de boomhut. Je draagt de weetschijf bij je. Je geeft hem nu aan mij, of ik zal je dwingen.' zegt de man.

'Ik heb geen weetschijf. Waarom probeerde u Antonio te verdrinken?'

De man wordt nu boos.

'Kleed je uit en schop de kleding naar mij toe,' zegt hij. 'Als het moet zal ik dit straalwapen gebruiken.'

Het is een soort krom pistool, zo'n zelfde wapen als de Gonzen hadden. Benji doet wat de man vraagt en mag zijn onderbroek aanhouden. Hij rilt, het is koud in de kelder, zelfs voor hem. De man doorzoekt nauwgezet Benji's kleding. Hij vindt niets.

'Toch heb je hem ergens,' zegt de man. 'Zeg me waar hij is of ik schiet je neer.'

Benji wordt bang. Hij kan niets zeggen. Hij moet wel. Het is menens. Hij probeert de man af te leiden.

'U bent Van Lippenstein,' zegt hij daarom.

De man zwijgt weer even en gaat dan verder.

'Je zegt me waar de weetschijf is of ik schiet je neer,' zegt hij boos. 'Ik tel tot drie. Een, twee.'

'Hij zit in een kluis,' zegt Benji. 'in een kluis in het sprookjeshotel. Ik weet het nummer niet van de kluis en ik heb ook de sleutel niet.'

'Wie heeft de sleutel dan wel?' vraagt de man.

'Sven of Roos, mijn pleegouders,' zegt Benji.

'Zo, zo,' zegt de man. 'We zullen eens zien of je gelijk hebt.'

Nu schopt hij de kleding terug naar Benji.

'Kleed je aan,' gebiedt de man.

Benji kleedt zich aan. De man bindt zijn handen met touw, stopt hem een prop in zijn mond en bindt deze af met een doek.

'Jij blijft hier,' zegt de man.

Hij loopt naar de deur en zegt: 'De reden dat ik je vriend probeerde te verdrinken, is dat jij hem vast verraden hebt wie je bent. Ik zal nog wel eens de kans krijgen mijn werk af te maken.'

Zo laat hij Benji achter in de duisternis.

Sven, Roos en Antonio zijn wakker geworden.

'Waar is Benji?' vraagt Roos.

Antonio haalt zijn schouders op.

'Ach, die zal de hond wel aan het uitlaten zijn,' zegt Sven. 'Ik haal straks mijn camera op en dan zie ik hem wel. Eerst ontbijten.'

Ze hebben de spullen voor het ontbijt zelf gehaald en smullen van eieren met spek, croissants en jus-de-orange. Sven loopt daarna naar het sprookjeshotel en vindt de kluis. Hij merkt niet dat hij geobserveerd wordt. Hij haalt zijn camera eruit en laat de portomonnee van Benji liggen. Daarna loopt hij naar de kennel. Hij hoort van de dame, die de honden verzorgt, dat Benji al een uur geleden zijn hond heeft terug gebracht. Dat vindt Sven vreemd en hij gaat bezorgd terug naar de boomhut.

'Is Benji er nog niet?' vraagt hij.

'Nee,' zeggen Roos en Antonio in koor.

'Waar kan dat joch toch uithangen?' vraagt Sven.

'Hij is misschien in het sprookjeshotel,' zegt Antonio. 'Dat vindt ie leuk.'

'Dan gaan we daar weer naartoe,' zei Sven.

Ze gaan er naartoe en zien iemand aan hun kluis morrelen.

'Wat is dat?' zegt Sven ruw.

De man kijkt achterom. Hij heeft een zonnebril en een zwarte muts op.

Hij stamelt: 'O, sorry, verkeerde kluis' en maakt zich snel uit de voeten.

Antonio is geschrokken. Dat is die vent. Roos is ook geschrokken. Dat is die grote lijp. Ze rent hem achterna. Hij is al uit het gezicht verdwenen.

'Paps, ligt Benji's portomonnee er nog in?' vraagt Antonio.

'Eh, ja,' zegt Sven beduusd, nadat hij de kluis heeft geopend.

'Haal hem eruit!' zegt Antonio.

Sven doet wat Antonio vraagt en kijkt erin.

'Er zit niet veel in, een soort ster, een schijfje en zakgeld,' zegt Sven. 'Twee tientjes en nog wat losse euro's. Waarom wil je dat?'

'Omdat die man aan het inbreken was,' zegt Antonio.

'Nondeju, als zelfs de kluisjes niet veilig zijn,' zegt Sven.
'Laten we een ander kluisje kiezen,' zegt Roos, die al terug gekomen is.
'Nee, ik houd de portomonnee bij me. Benji zal hem nodig hebben, als we hem vinden.' zegt Sven.
Ze kijken rond in het sprookjeshotel. Ze vinden Benji niet.

Benji hoort iemand met flessen rommelen in de wijnkelder en hij probeert te schreeuwen. Alles wat er uit zijn mond komt is een gesmoorde kreet, die nauwelijks hoorbaar is. Hij probeert los te komen. Het touw zit echter strak. Wat zullen zijn ouders en Antonio ongerust zijn. Wat zal Van Lippenstein doen met hen. Benji loopt door de donkere ruimte, in de hoop iets scherps te vinden. Het is werkelijk zo donker, dat Benji, die normaal gesproken wel iets in het duister kan zien, ook niets ziet. Hij struikelt over iets en valt hard op de grond. De grond daar is nat. Hij weet snel op te staan en loopt weer verder.

Roos, Sven en Antonio zoeken Benji wanhopig. Ze gaan het hele park door.
Antonio roept regelmatig: 'Benji! Benji! Waar zit je?'
Ze kijken bij alle attracties, in de hoop dat Benji er is. Nadat ze de helft van het park hebben gehad, besluiten ze wat ze verder gaan doen.
'We kunnen naar de eilanden,' zegt Sven.
'We moeten de politie inschakelen,' zegt Roos.
'Nee, ik denk het niet. Ik denk dat Benji wel ergens uithangt. Hij had geen zin om met ons op stap te gaan, nadat ik hem gisternacht zijn appelpunt heb afgepakt,' zegt Sven.
'Dat zal het zijn,' zegt Roos.
'Waarom weet ik daar niets van?' vraagt Antonio.
'Omdat je sliep,' zegt Sven kortaf.
Al die tijd merken ze niet dat ze gevolgd worden. Ten einde raad gaan ze het Kabouterdorp in. Misschien is Benji hier. Ze

lopen langs het pannekoekrestaurant, het kabouterdiorama en de kabouterfontein. Daarna komen ze bij de vuildecor. Een hele berg nepvuilnis ligt daar, van blikjes frisdrank tot petflessen. Er zijn twee nepkabouters bezig op te ruimen, en op de top staat nog een kabouter. Er staat een bordje bij dat mensen dat vuil hebben achtergelaten. Het nepvuil is ook veel groter dan in werkelijkheid. Antonio vindt het grappig. Ze lopen langs de kabouterhuisjes, die je kan huren, in de types vliegenzwam, champignon en inktzwam. Ze zien de kaboutercarroussel met paddestoelwagens. Ze lopen langs het speelparadijs met springkussens, een ballenbak en klimtoestellen. Nee, dit is echt iets voor de allerkleinsten. Benji is hier niet. Ze lopen nog even langs de warme bakker om een paar verse broodjes te kopen en ploffen neer op het terras van het pannekoekrestaurant. Een clown komt hen plezieren. Hij draait om het gezin heen en weet van geen wijken.

'Kom, ga eens ergens anders vervelen,' zegt Sven.

Er is ook een winkel waar ze feestartikelen verkopen.

'Volgens mij heeft die clown zijn kleding in die winkel gekocht,' zegt Antonio.

Op dat moment valt de clown bovenop Sven. Sven duwt hem van zich af met een vies gezicht.

'Oeps, sorry,' zegt de clown.

Ze horen de ober van het terras roepen: 'Hee, jij daar, scheer je weg!'

De clown gaat er als een haas vandoor.

'Sorry,' zegt de ober. 'Ik weet niet wie het is. Hij hoort er niet bij.'

'Dat dacht ik al,' zegt Sven. 'Mag ik even afrekenen?'

Sven wil zijn portomonnee pakken. Hij ontdekt dat die weg is.

'Wel alle,' zegt Sven, 'het is een zakkenroller.'

'Je hebt het geld van Benji toch?' vraagt Antonio.

'Nee, laat maar,' zegt de ober. 'Ik had eerder op moeten letten.

Jullie krijgen de drankjes gratis.'
'Het is een onveilig park,' zegt Sven. 'Er wordt ingebroken in onze boomhut, iemand probeert ons kluisje open te breken en nu dan die zakkenroller. Ik ga, bij thuiskomst, dit meteen op de agenda zetten voor de eerstvolgende vergadering.'
'Als er ergens veel mensen zijn, dan krijg je dat soort dingen,' zegt Roos.
'Ik ga het toch aankaarten,' zegt Sven.

Benji hoort gemorrel aan de deur. Hij houdt zijn adem in. Even later komen er twee mannen binnen. Het blijft donker. Benji hoort dat het er twee zijn aan de voetstappen. Benji weet niet waar hij is in de ruimte. Ineens knipt er iemand een zaklamp aan en die schijnt in het rond. Al snel wordt hij ontdekt. Hij ziet de man met de zonnebril en nog een clown. De prop in de mond en het touw om de handen worden weggehaald.

'We hebben het nog niet gevonden,' zegt de man. 'Ook niet in de portomonnee, die we gejat hebben van je pleegvader. Zeg me, waarin heb jij het verborgen?'

'In de kluis!' zegt Benji.

'Ik heb gezien, dat je vader een portomonnee pakte en de kluis verder leeg was. Heb jij het in een portomonee opgeborgen?' vraagt de man.

Benji zweeg.

'Zeg het me, of ik schiet je aan gort,' zegt de man.

'Ja, dat heb ik gedaan,' zegt Benji.

'Potverdrie, we zullen iets anders moeten verzinnen,' zegt de man. 'Wat zullen we met hem doen?'

Nu spreekt de clown op een vreemde hoge toon. Benji hoort duidelijk dat het een mannenstem is.

'We gaan achter de weetschijf aan en zodra we die hebben, rekenen we met hem af,' zegt hij.

De man met de zonnebril bindt het touw weer om Benji's handen, duwt de prop weer in Benji's mond en bindt de doek om en zo laten ze hem achter.

Intussen zijn Sven, Roos en Antonio naar het Drakeneiland gegaan. Op het Drakeneiland is een grote markt en het is er heel erg druk. Ze moeten kijken of Benji tussen het publiek is.

'Geef de portomonnee van Benji aan mij,' zegt Antonio.

'Waarom?' vraagt Sven.

'Als er nog een zakkenroller komt,' zegt Antonio.

'Ik begrijp wat je bedoelt,' zegt Sven. 'Jij kunt ook gerold worden.'

'Niet als jullie alleen gaan kijken,' zegt Antonio. 'Dan wacht ik hier wel.'

Zo gezegd, zo gedaan. Antonio houdt zijn hand op de portomonnee en ziet telkens mensen langs lopen, terwijl hij op een bankje zit. Hopelijk is Benji hier. Er is wel iets vreemds aan de hand, de man die het kluisje probeerde te forceren, de clown. Hij durft niets tegen zijn ouders over zijn vermoedens te vertellen. Mogelijk zijn ze wel op zoek naar het weetschijfje. Er komt iemand naast hem zitten. Iemand met een zonnebril en een zwarte muts op. Hij schrikt en staat op.

'Je hoeft niet te schrikken,' zegt de man. Hij herkent de stem van Van Lippenstein. 'Als je Benji levend wil terugzien, zorg dan dat de weetschijf in ons bezit komt. Vanavond om zes uur kom ik hem halen, bij de boomhut in het Trollenbos. Dan vertel ik je ook waar je Benji kunt vinden.'

De man staat op en loopt weg, een verbijsterde Antonio achter latend. Als Antonio weer bij zijn positieven is, besluit hij de man te volgen. Hij ziet hem nergens meer.

'Er is dus wat met Benji,' denkt Antonio.

'Antonio,' hoort hij roepen. Het is Roos. Hij keert weer terug naar zijn ouders.

'O, daar ben je,' zegt Roos. 'Als jij nou ook nog eens weg-loopt. Je vader is even bij alle attracties gaan kijken. Als hij daar niet is, gaan we naar het Piratenhol.'

Antonio zwijgt. Hij denkt na. Als hij het tegen Roos en Sven zou vertellen, dan zouden ze de politie inschakelen. Dan zouden ze de boeven in een hinderlaag kunnen lokken en dan pakken. De boeven hoefden echter niet te zeggen waar Benji is. Als Antonio het weetschijfje aan hen zou geven, zou hij wel komen te weten waar Benji is. Misschien hadden ze Benji wel vermoord. Tenslotte probeerde de man met de duikbril Antonio ook te verdrinken. Bij die gedachte wordt Antonio helemaal eng. Hij weet niet wat hij moet doen. Moet hij het nu tegen Sven en Roos zeggen of niet? Hij kijkt op zijn horloge, het is al vier uur. Over twee uur zou de boef het weetschijfje komen ophalen.

Benji heeft intussen de hele muur afgezocht. Hij zoekt een ruw stuk muur. De muren zijn glad. Met de moed der wanhoop probeert hij het stevige touw om zijn polsen los te schuren. Het touw doet hem pijn. Hij schuurt en schuurt. Het lukt hem niet om los te komen. Hij besluit de grond af te zoeken, al zittend met het touw om zijn handen op zijn rug. Ergens moet er toch iets scherps te vinden zijn. Hij stuit op een tafel en voelt. Deze is rond, er is niets scherps. Niet aan en niet op tafel. Hij beweegt zich zittend verder. Een kast. Hij gaat staan. Het is een open kast en hij is leeg. Tenminste, voor zover hij kon voelen. Hij beweegt zijn benen en gooit de kast omver. BAM! Dat geeft me toch een klap. Hij hoopt dat iemand het heeft gehoord. Dat blijkt niet zo te zijn. Hij heeft ook een gerinkel gehoord. Van een sleutel of iets dergelijks. Hij zoekt de grond, weer zittend, af naar het voorwerp. Ineens vindt hij het. Het is een kurketrekker. Niet erg scherp. Het valt echter te proberen. Hij gaat liggen op de grond, zodanig dat de kurketrekker langs het touw schuurt.

Roos, Sven en Antonio zoeken het Piratenhol af en vervolgens het Zeemeerminnenrif, terwijl Antonio steeds op zijn horloge kijkt.
'Ik geef het op,' zegt Sven. 'Hij kan wel overal zitten.'
'Misschien is hij allang in het Trollenbos,' zegt Antonio. 'Laten we daarna toe gaan.'
'Nog even in het Kriebelwoud kijken,' zegt Roos. 'Daar zijn we nog niet geweest.'
Antonio blikt op zijn horloge. Het is al half zes. Ze moeten opschieten.
'Ik ga in ieder geval naar het Trollenbos,' zegt Antonio. 'Het is goed hoor,' zegt Sven. 'Hier heb je de sleutel van de boomhut. Wij gaan nog even verder kijken.'
Antonio zet het op het rennen.

Benji heeft zich weten te bevrijden. Het touw is los, hij haalt de prop uit zijn mond en zoekt naar de deur. Die vindt hij op gegeven moment. De deur is natuurlijk gesloten. Hij bonst op de deur en schreeuwt. Hij hoort niet eens dat er iemand de wijnkelder binnenkomt om wijn te pakken. Hij brult zijn longen uit zijn lijf.

'Koest,' hoort hij iemand zeggen. De deur wordt geopend door een verbaasde jongeman.

'Stom zeg, om jezelf hier op te sluiten,' zegt deze.

Benji rent langs hem heen, de vrijheid in. Benji rent. Hij weet eigenlijk niet waar naartoe. Waar zijn zijn ouders, waar is Antonio? Zouden ze in het Trollenbos zitten? Hij kijkt op zijn horloge. Kwart voor zes. Roos zal nu wel aan de maaltijd bezig zijn. Tenminste, als ze niet door Van Lippenstein en Aurek Bruntel gepakt zijn. Hij rent zijn benen uit zijn lijf.

Antonio is intussen bij de boomhut en kijkt angstvallig naar beneden. Hij krijgt spijt dat hij het niet aan Roos en Sven heeft verteld. Natuurlijk zou de boef niet zeggen waar Benji is. Hij besluit het meteen te gaan vertellen en neemt een spurt, de trap af, op weg naar het Kriebelwoud. Ineens botst hij tegen iemand op, ze vallen allebei op de grond.

'Au!' zegt Benji.

'Benji!'

Antonio's mond valt open.

'Benji. Waar ben je al die tijd geweest?' vraagt Antonio.

'Later. Vlug, weg hier,' zegt Benji.

Hij wijst naar een man met een zonnebril en een zwarte muts op zijn hoofd die hard naar hen toe komt rennen. Antonio is nog niet van de schrik bekomen en hij wordt gegrepen door de man.

'Hier met die weetschijf,' zegt hij.

'Wat is hier aan de hand?' horen ze de stem van Sven vragen. Nog nooit zijn ze zo blij met de aanwezigheid van Sven.

De man laat gelijk los en zegt: 'Ze waren vervelend.'

Hij draait zich om en rent weg.

'Is dat niet dezelfde van dat kluisje?' vraagt Sven en hij loopt meteen naar Benji toe: 'Waar heb jij uitgehangen?'

'Hou hem tegen,' zegt Antonio. 'Hij is een boef.'

Sven kijkt rond en zegt: 'Waar is hij nou?'

'Het doet er niet toe, Benji is terug,' zegt Roos.

'Waar ben je geweest, Benji?' vraagt Sven. 'We hebben de hele dag naar je gezocht.'

'Overal en nergens,' zegt Benji.

'Dat ik je heb verboden om 's nachts een stuk appeltaart te eten, wil nog niet zeggen dat je de vrijheid hebt om te gaan staan waar je wilt. Je krijgt straf, jongeman,' zegt Sven streng.

'Ja, je hebt onze laatste dag hier nogal verpest,' zegt Roos.

'We gaan nu wat eten en blijven gewoon in de boomhut. Morgen gaan we vroeg naar huis en krijgt Benji een week huisarrest,' zegt Sven.

Benji zwijgt. Ze eten laat en zwijgend hun maaltijd op. De spanning is om te snijden. Antonio zwijgt ook.

Benji zoekt na het eten de slaapkamer op. Antonio komt hem meteen gezelschap houden. Omdat ze bang zijn dat hun ouders aan de deur meeluisteren, fluisteren ze tegen elkaar. Ze wisselen hun ervaringen uit.

'Benji,' fluistert Antonio. 'Ik vind dat Roos en Sven dit moeten weten, dan krijg je geen straf.'

'Dat kan niet, want dan moet ik ze alles vertellen,' fluistert Benji.

'Je hoeft ze toch niet alles te vertellen,' fluistert Antonio. 'Je zegt gewoon dat je ontvoerd bent en dat je jezelf hebt weten te bevrijden.'

'Dat is niet mogelijk. Als ze de politie waarschuwen moet ik alles vertellen of liegen. Ik weet niet of ik goed kan liegen,' fluistert Benji.

Die nacht slaapt Benji niet. Hij begrijpt nog steeds niet de betrokkenheid van zijn vader. Hij is bang dat ze weer zullen inbreken, misschien met dwang proberen aan het weetschijfje te komen. Deze zijn erger dan de Gigons, veel gevaarlijker. Benji stopt het schijfje in de robot Dips, om het goed te verbergen en vult Lalp met zwarte vloeistof. Zo kan hij zichzelf in elk geval verdedigen. Hij laat Lalp naast zich staan, mocht hij in slaap vallen. Hij valt niet in slaap, ieder geluidje die hij hoort, ligt hij stijf van schrik. Het wordt een verschrikkelijke nacht.

Een verrassing bij Drimmel

De volgende dag zegt Sven: 'Zo, we gaan direct naar huis.'
'Dat is niet eerlijk tegenover Antonio,' zegt Roos. 'Ga jij dan met Benji naar huis, dan volgen wij wel later met de bus.'
'Nee, ik heb er geen zin in als Benji niet mee mag,' zegt Antonio.
Sven denkt er even over om over zijn hart te strijken. Dan zegt hij onverbiddelijk: 'Nee, Benji heeft straf. Je kan hier blijven met Roos of mee teruggaan naar huis.'
Antonio verkiest het laatste.
Eenmaal thuis gaat Benji direct naar zijn kamer, gevolgd door Drimmel en Antonio.
'Waarom kun je het niet tegen Roos en Sven zeggen?' vraagt Antonio.
Ze zitten samen op Benji's bed met de hond tussen hen in.
'Dan moet ik alles vertellen en ook over mijn twijfels over Aurek,' zegt Benji. 'Ik begrijp niet dat mijn eigen vader me zo in de steek laat.'
'Misschien is je vader wel vergeten dat hij een zoon heeft,' zegt Antonio. 'Mogelijk lijdt hij aan geheugenverlies.'
'Dat lijkt me niet, hij keek immers naar mij in Uitje-Bol en misschien was hij ook de clown. In dat geval had mijn vader gewoon naar me toe kunnen komen en had ik het weetschijfje gewoon gegeven,' zegt Benji.
'Mogelijk hebben de Gigons hem zo bewerkt, dat hij het ene wel weet en het andere niet,' oppert Antonio.
'Dat zou kunnen,' zegt Benji. 'In ieder geval zijn ze nog op losse voeten en levensgevaarlijk.'
'Je kunt ze het weetschijfje gewoon geven. Je brengt het gewoon naar Van Lippenstein,' zegt Antonio.
'Ben je gek? Daar staan alle ontwerpen van mijn vader op, misschien zelfs van de Wez, je weet wel, die vechtrobot. Als dat in de handen van de Gigons komt, dan zijn wij, Efins

verloren,' zegt Benji.

'Als je vader bij de goede partij hoort,' vraagt Antonio, 'dan geeft het toch niet?'

'Mijn vader zou je nooit hebben willen verdrinken, Antonio,' zegt Benji. 'Dat is iets wat niet klopt. Wat die man zei, dat is omdat ik je alles heb verteld. Dan nog zou mijn vader je niet willen doden, maar ik weet niet zeker meer of hij bij de goede partij hoort.'

'Dat is zo,' zegt Antonio.

'In ieder geval is het weetschijfje niet veilig in het kluisje hier,' zegt Benji. 'Ik zal een kluisje moeten gaan huren, bij de bank.'

'Dat krijg je niet voor elkaar. Daar heb je de leeftijd nog niet voor,' zegt Antonio. 'Waar is het schijfje nu?'

'In Dips,' zegt Benji. 'Ik moet in elk geval een betere schuilplaats zien te vinden. Wie weet breken ze hier weer in of overvallen ze ons.'

'Als ze ons overvallen, dan schieten ze ons neer,' zegt Antonio.

De hond kijkt op, hij kijkt naar Benji en zijn tong hangt uit zijn mond. Ineens begint de hond Benji te irriteren.

Hij pakt het beest op en zegt: 'Jij gaat een tijdje op de grond bivakkeren,' en hij laat de hond los.

Het beestje komt verkeerd terecht op een van zijn pootjes en laat een kort jankend geluid horen. Dan zakt het door al zijn pootjes heen en blijft stil liggen.

'Joh, wat doe je nou?' vraagt Antonio.

'Ik gooide hem niet hard, echt niet!' zegt Benji geschokken.

Ze knielen neer naast de hond. Hij heeft zijn ogen dicht, zijn tong hangt naast zijn bek, hij ademt niet meer.

'Hij is dood,' zegt Antonio. 'Dood!'

Antonio pakt het hondje op en kijkt verdrietig. Het beestje ligt stijf in zijn armen.

'Ik snap het niet, ik heb niet hard gegooid,' zegt Benji.

'Hij is dood,' zegt Antonio.

Benji aait het diertje en bekijkt zijn poot. Er zit een scheur in zijn dikke vacht. Er komt geen bloed uit. Benji opent de scheur wat en ziet daar tot zijn ontsteltenis iets van metaal blinken. Hij scheurt de vacht verder.

'Wat doe je nu joh, je kan hem toch niet weer levend maken?' vraagt Antonio.
'Het is geen echte hond,' zegt Benji. 'Kijk dan!'
Antonio kijkt naar de poot en ziet metaal en allerlei draden.
'Hoe kan dat?' vraagt Antonio. 'Hij leek zo echt!'
'Een robothond,' zegt Benji. 'We hebben hem van Fajel gekregen. Of niet?'
'Hoe bedoel je, of niet?' vraagt Antonio.
'Of het is een spionhond, door onze vijanden afgeleverd,' zegt Benji. 'Of hij is echt van Fajel, om ons te beschermen, al hebben we daar niet veel van gemerkt.'

'Nee, omdat hij in die kennel zat, natuurlijk,' zegt Antonio. 'Misschien kun je hem maken.'

'Dat is veel te ingewikkeld, moet je al die draden eens zien. Dat kan ik niet,' zegt Benji.

'Dan laten we hem hier liggen, totdat we tante Fajel op kunnen sporen. Dan kun je het vragen,' zegt Antonio.

'Nee, dat kan ook niet. Wat zeggen we dan tegen onze ouders?' vraagt Benji.

'Dat is waar ook. Een dode hond moet worden begraven,' zegt Antonio.

'We zouden natuurlijk kunnen zeggen dat hij weg gelopen is,' zegt Benji.

'Ja, dat zouden we kunnen doen. Waar laten we hem?' vraagt Antonio.

'In het kluisje natuurlijk. Het weetschijfje en het teken van de Hunclis stop ik dan ergens anders. Als ik tijd heb, kan ik wel eens knutselen aan de hond, mogelijk krijg ik hem wel aan de praat,' zegt Benji.

Zo verdween Drimmel, met wat proppen, in het kluisje.

Antonio gaat zogenaamd de ochtend met hem wandelen en komt met de mededeling dat hij weggelopen is.

'Je moet die beesten ook aan de lijn houden,' is de opmerking van Sven.

'Ga hem zoeken,' zegt Roos streng.

Dat doet Antonio, om na een tijdje weer terug te komen met de melding dat het hondje echt zoek is.

'Dan zetten we wel een advertentie in de supermarkt,' zegt Roos zuchtend.

'We hangen bij de bushalten plakkaten op,' zegt Sven. 'Hoewel ik het best vind dat het beest weg is.'

Dat doen ze, maar Drimmel is weg en blijft weg.

De week duurt lang. Het is mooi weer. Benji mag niet naar buiten. Hij mag alleen in de tuin komen en samen met

Antonio speelt hij in de boomhut. Tussendoor probeert hij te ontdekken wat er met Drimmel aan de hand is. Hij durft hem niet verder open te scheuren. Ze ontdekken dat de vijfde kegel geopend is en een paar dagen later de zesde. In beiden zit een blad. Benji heeft ze naast elkaar op de tafel gelegd.

'Dit wordt gewoon een groot teken van de Hunclis,' zegt hij.

'Waarom eigenlijk?' vraagt Antonio. 'Tante Fajel moet daar een bedoeling mee hebben.'

'Ja, misschien vormt het als het compleet is, haar nieuwe telefoonnummer wel,' zegt Benji.

'Bel haar nog eens. Misschien krijg je haar nu wel aan de lijn,' zegt Antonio.

'Het nummer is buiten gebruik,' zegt Benji. 'Vooruit, ik zal het nog een keer proberen.'

Helaas krijgt Benji te horen dat het nummer nog steeds buiten gebruik is.

'Fajel is de enige die ik vertrouw,' zegt Benji. 'De enige Efin, die in vertrouw.'

Na de week huisarrest heeft Benji plannen om uit te zoeken of Van Lippenstein nog steeds in Weesdijk woont. Ze fietsen er naar toe. Benji heeft het robotje Trot meegenomen. Ze stoppen een straat ervoor en Benji haalt Trot tevoorschijn.

'Wil je foto's maken,' zegt Antonio. 'Dat kan toch ook met mijn drone.'

'Nee,' zegt Benji, 'je drone kan niet zo laag. Het is de bedoeling dat we ook laag foto's kunnen maken.'

Benji haalt de kop van Trot eraf en drukt dat op een rond schijfje. Hij drukt wat knoppen op het schijfje en op de rest van de robot in en werpt de kop van Trot in de lucht. Nu moet de rest vanzelf gaan. De kop van Trot draait in de lucht, totdat hij om de hoek van de straat gaat en uit zicht is.

'Hij komt toch wel terug?' vraagt Antonio.

'Ja, tenzij Van Lippenstein hem ziet en hem pakt,' zegt Benji. Een half uur later komt Trot inderdaad terug. Nieuwsgierig bekijken ze de beelden. Het naambordje staat nog steeds op de deur. Van Van Lippenstein is echter niets te bekennen. Zelfs de beelden die Trot door het raam heeft gemaakt, leveren niets op.

'We gaan zelf eens een kijkje nemen,' zegt Benji.

'Durf je dat?' vraagt Antonio.

'Het moet wel,' zegt Benji en hij stapt op de fiets.

Mevrouw Groen is bezig in haar tuintje. Het is een verwilderd tuintje. Ze snoeit rozenstruiken. Althans, ze snoeit de rozen eraf. Kennelijk kan ze ook niet zo goed zien. De jongens stoppen bij haar.

'Wacht, ik help u wel even,' zegt Benji en hij stapt van de fiets af.

Dicht bij haar gekomen zegt ze: 'Nu weet ik het weer. Jullie zijn die jongens die naar Fajel vroegen. Oja, je tante.'

'Dat klopt,' zegt Benji, terwijl hij de rozenstruiken met rust laat en de klimop afknipt.

'Die man van hiernaast is weg,' zegt mevrouw Groen. 'Ik zag een verhuiswagentje, een week geleden.'

'O,' zegt Benji.

'Ik hoop dat er fijne buren naast me komen wonen,' zegt mevrouw Groen.

'Dat hoop ik ook voor u,' zegt Benji. 'Nu niet meer snoeien voorlopig.'

Hij geeft de snoeischaar aan de oude vrouw terug en zij vraagt: 'Willen jullie een lekker glaasje limonade?'

'Nou, nee, we moeten weer terug naar huis,' zegt Benji en hij stapt op zijn fiets. Antonio volgt hem.

'Zo, die Van Lippenstein is er van tussen,' zegt Benji, als ze alleen fietsen.

'Die is natuurlijk bang dat hij de politie achter hem aan zou krijgen,' zegt Antonio.

'Ja, dat zou kunnen,' zegt Benji. 'Tenslotte weten ze niet hoe wij handelen.'

Weer een inbraak

Benji heeft inmiddels de buik van de nephond opengereten op zoek naar iets wat hij begrijpt. Al die draden en metaal, hij wordt er tureluurs van. Zijn eigen robotjes zijn hier eenvoudig bij. Antonio kijkt toe. Die snapt er ook geen lor van.
Als ze weer beneden komen zegt Roos: 'Ik begrijp niet waar die hond is.'
'Misschien heeft iemand hem meegenomen,' zegt Antonio. 'Dat gebeurt weleens.'
De jongens zijn er erg nuchter onder, vooral Antonio, die om Pral, zijn vorige hondje, zat te dreinen. Deze hond doet hem niks, merkt Roos. Dat vindt ze vreemd. Ze besteedt er echter verder geen aandacht aan.

'We gaan een paar dagen naar opa en oma,' kondigt Sven aan.
'O, dat is leuk. Dan zijn we een paar dagen alleen,' zegt Antonio.
'Nee, jullie gaan natuurlijk mee. Opa is jarig!' zegt Sven. 'Wees niet bang. Ik heb inbraakbeveiliging laten installeren, sinds die laatste keer dat hier ingebroken is.'
'O, dat is fijn,' zegt Benji.

Met een gerust hart vertrekken ze naar opa en oma, die in het noorden van het land wonen. Het is twee uur rijden met de auto. Als oma jarig is, in september, kunnen ze alleen het weekend weg. Nu, in de vakantieperiode, kunnen ze elk moment gaan dat ze willen. Ze gaan op een dinsdag weg en komen op vrijdag terug. Het is een gezellige drukte bij opa en oma. Oom Olaf is er, met vrouw en kind, een meisje van zestien jaar. Tante Brit is er, oom Lars is er met vrouw en tante Karin met vriend, en een zoontje van zes jaar. Roos heeft alleen nog een zuster en moeder, de vader van Roos is dood. Sven heeft een gezellige, grote, familie. Ze blijven allemaal slapen, behalve tante Brit, want die woont vlak bij de ouders. Zij doet mantelzorg voor hen. Benji en Antonio vervelen zich een beetje. Benji heeft zijn robotjes thuis gelaten, Antonio heeft zijn drone meegenomen. Alleen zijn ze daar snel mee uitgespeeld. Antonio speelt met zijn iphone en geeft het vervolgens aan Benji om er iets mee te doen.

De volgende dag gaan ze met z'n allen naar de markt, die in het dorp is. Benji wil ook een iphone kopen. Hij ontdekt dat hij nog niet genoeg centjes daarvoor heeft. Zou hij Gurk gebruiken om zijn zakgeld te vermeerderen? Dan moest hij wel de juiste kleur vulling gebruiken. Dat zou moeilijk gaan met de twee kleuren die een een- of twee euromunt heeft. Hij zou natuurlijk van dubbeltjes vijftig eurocent kunnen maken. Dat zou hij kunnen doen, en dan langzaam sparen en die vijftig eurocentjes wisselen bij de bank. Ja, dat zou hij kunnen doen. Even later laat hij het idee varen. Dat is niet de bedoeling van Gurk.

Donderdagavond, als opa jarig is, gaan ze met z'n allen uit eten, bij de Chinees. Benji lust het zoete wel van de Chinees, Zijn foets is immers op en hij weet niet hoe hij eraan kan komen. Hij is echter blij dat het de laatste avond is.

De volgende dag gaan ze weer terug naar huis. Eenmaal thuis aangekomen is Benji blij. Er is niet ingebroken en ook geen melding van de beveiliging. Benji gaat samen met Antonio naar boven om te kijken of er weer een kegel is gebroken. Wat ze daar aantreffen. Werkelijk niets meer staat op zijn plaats. Alle robotjes zijn uit elkaar en alles slingert in het rond. De kegels en de bladeren liggen her en der verspreid. Het kluisje is opengebroken, de poster ligt op de grond. De hond is weg.

'Mijn robotjes,' zegt Benji. 'Waar is de hond?'

Ze zoeken de hond. Die is weg.

'Paps, mams,' roept Antonio boven aan de trap, 'kom snel!'

Hij had zo paniekerig geklonken dat Roos en Sven gelijk naar boven komen stormen.

'Hoe kan dat nu?' vraagt Sven. 'Ik had het zo goed laten beveiligen.'

Hij loopt naar het raam, waar bedrading van de beveiliging hangt en ziet dat het doorgeknipt.

'Het kluisje, wat hebben ze daar uit gehaald?' vraagt Sven

'De robots, verder niets,' zegt Benji. Het weetschijfje en het kleine teken van de Hunclis zitten veilig in een nepboek.

'O, boek,' zegt Benji. Hij kijkt naar de boeken op de grond. Die zijn ook doorzocht.

'Hoe kan het nu dat er niet in de rest van het huis is gezocht?' vraagt Sven.

'Misschien omdat de inbreker werd betrapt,' zegt Antonio, 'dat het alarm sloeg en is hij weggegaan.'

'Ik ga dat beveiligingsbedrijf even bellen,' zegt Sven.

Benji heeft intussen het nepboek ontdekt, op een plank en ziet dat het weetschijfje en het teken van de Hunclis er nog in zit. Hij is opgelucht. Dan kijkt hij naar zijn robotjes en raapt ze bij elkaar.

'Kijk nou, helemaal vernield, wie doet dat nu?' vraagt hij.

Antonio denkt na en zegt dan: 'Misschien zochten ze dat weetschijfje.'

'Waarom hebben ze de hond meegenomen?' vraagt Benji.

'Wie weet was die hond wel een spion,' zegt Antonio. 'Toen hij nog leefde, eh nog niet kapot was, zei jij dat het weetschijfje in Dips zat en je had het ook over het kluisje.'

'Dat zou kunnen, dat de inbreker dat heeft gehoord op afstand. Vandaar dat hij de hond heeft meegenomen,' zegt Benji. 'Of die hond is wel van Fajel en hij heeft hem meegenomen, omdat het nieuwe technologie is. Om ervan te leren.'

'Nu moet ik de robotjes weer herstellen,' zegt Benji. De jongens ruimen op en daarna gaan Benji aan de slag.

Bij het avondeten zegt Sven dat hij het beveiligingsbedrijf heeft opgebeld.

'Ze komen maandag om de boel te herstellen. De dief is nu door het raam gekomen,' zegt Sven. 'De meldkamer heeft geen alarm doorgekregen.'

'Dat is dan ook een systeem van niks,' zegt Antonio.

'Ik denk dat ik voor beveiliging extra ga,' zegt Sven. 'Ik heb het goedkoopste pakket genomen, met een abonnement van dertig euro per maand. Dat ga ik verhogen.'

'Dat lijkt me een goede zaak,' zegt Roos, terwijl ze de Argentijnse spaghetti op tafel zet.

'Het is alleen vreemd dat de inbreker niet verder is gekomen dan de zolder,' zegt Sven. 'Wellicht was hij bang verderop ook alarm tegen te komen. Mogelijk zocht hij ook iets in Benji's kamer.'

Hij kijkt Benji doordringend aan. Zal hij iets vermoeden?

Benji zegt daarom: 'Wat zou hij nu moeten zoeken?'

'Ik weet het niet,' zegt Sven.

'Mijn computer staat er nog,' zegt Antonio.

'Alles is er nog,' liegt Benji. 'Er is niets gestolen.'

'Nou ja, beter dan,' zegt Sven en hij schept nog een keer op.

Benji neemt zich voor het weetschijfje en het teken van de Hunclis voortaan bij zich te dragen.

De dagen daarna is Benji driftig aan de slag om zijn robotjes te herstellen. Gelukkig is er geen onderdeel verdwenen. Trot lukt nog niet helemaal. Het duplicaatstation is kapot en blijft stuk en ook het fotoschijfje is nog niet in orde. Ook de kegels en de bladeren zijn er allemaal nog. Er gaat alleen nog steeds geen kegel open.

Van Lippenstein

Sven komt enthousiast naar huis. Het plan voor een robotsverkeerstuin is goed gekeurd, tot blijdschap van Sven. Wel wil de directie dat de plannen iets worden gewijzigd. Zo moeten er meer stoplichtrobotten komen en behalve futuristische trapauto's wil de directie ook dat er fietsjes komen. Pas volgend jaar is er budget voor de verkeerstuin, dus dan wordt hij gebouwd. Dat komt dan op de plaats van de oude speeltuin, vlakbij het ruimtemuseum.

'Bingo, weer een ontwerp van paps,' zegt Antonio.

'Er zou eens een achtbaan bij moeten komen,' zegt Benji.

Hij denkt met weemoed aan zijn vader, die zo goed achtbanen kan ontwerpen.

Roos is een dagje weg naar de rommelmarkt met een paar vriendinnen en komt pas laat thuis. Sven heeft gekookt.

'Benji,' zegt Roos als ze thuis komt, 'ik kwam op de rommelmarkt iemand tegen en toevallig kwam ons gesprek op school uit. Zij is ook al lang leerkracht bij de Hermelijnschool, de school waar jij hebt opgezeten, voordat je bij ons kwam.'

'Ja, en?' vraagt Benji.

'Nou, ze kent je niet. Ik heb een foto van jullie in mijn portomonnee zitten. Ze herinnert zich niets van je,' zegt Roos.

'Nou, dan geeft ze zeker les in groep een of twee,' zegt Benji.

'Nee, ze geeft les in groep zes en ze kent alle leerlingen van de school,' zegt Roos.

'Dan is het vast een andere Hermelijnschool,' probeert Benji.

'Nee, het is de Hermelijnschool waar jij op hebt gezeten, in Schuurbeek, waar jij hebt gewoond,' zegt Roos.

'Dan weet ik het ook niet,' zegt Benji.

'Nee, ik begrijp er ook niets van,' zegt Roos.

'Wellicht is ze wel vergeetachtig,' zegt Sven.

'Kom nou, ze is pas veertig geworden,' zegt Roos.

'Dat zegt niets,' zegt Sven.

'Je denkt zeker dat ze aan het dementeren is,' zegt Roos. 'Wel, dat is ze niet. Ze kan zich alleen Benji niet herinneren.'

'Dat is dan onwil van haar,' zegt Sven. 'Want Benji heeft gewoon op die school gezeten.'

De jongens gaan, na het toetje, van tafel af, terwijl Roos en Sven verder kibbelen. Ze lopen naar de zolderkamer. Eenmaal in de kamer aangekomen ploft Benji op bed.

'Stel je voor dat Roos verder gaat spitten,' zegt Benji. 'Dan komt ze erachter dat Fajel en ik gelogen hebben. Dan moet ik wel de waarheid vertellen.'

'Ach, wat dan nog,' zegt Antonio. 'Dan weten ze het, nou en?'

'Dat heb ik liever niet,' zegt Benji. 'Hoe zouden ze reageren? Ik denk niet eens dat ze geloven.'

'Natuurlijk geloven ze het wel,' zegt Antonio. 'Nouja, niet meteen natuurlijk, maar als je vol houdt.'

'Dan zit ik zo weer bij die psychologe,' zegt Benji. 'Nee, bedankt. Even naar de kegels kijken.'

Benji schuift de doos met kegels onder zijn bed vandaan.

'Kijk eens, de bal is gebroken,' zegt Benji.

'Nu kunnen we helemaal niet meer kegelen,' zegt Antonio. Niet dat hij dat erg vindt, helemaal niet.

Benji gaat met de bal op de grond zitten, en Antonio gaat ernaast zitten. De bal is gevuld met een ronde schijf. Die moet eruit. Terwijl Benji de bal beet houdt, peutert Antonio met het gurkmes de ronde schijf los. Het gaat wat lastig. Uiteindelijk is het zover. De schijf schiet los. Aan de zijkanten zitten klemmetjes, waarmee ze stuk voor stuk de bladeren erin kunnen klemmen.

'Nog drie moeten we er hebben. Dan hebt je een heel groot teken van de Hunclis,' zegt Antonio.

'Waarom?' vraagt Benji.

'Geen idee,' zegt Antonio. 'Fajel weet het wel. Die is helaas foetsie.'

'Ja, foetsie,' zegt Benji, 'met de foets.'

'Ha ha,' zegt Antonio. 'Dat is een leuke woordspeling.'

De jongens gamen nog wat en gaan dan slapen. Benji wordt midden in de nacht wakker en begint weer te piekeren. Nu vraagt hij zich weer af wat het grote teken van de Hunclis voor moet stellen. Hij hoopt dat de overige drie kegels snel openbreken.

De volgende dag komt Antonio opgewonden thuis van een boodschap doen.
Hij neemt Benji mee naar de boomhut en fluistert: 'Joh, ik heb die man met die bril en die muts door de straat zien rijden, op de fiets.'
'Echt, weet je het zeker?' vraagt Benji.
'Ik zweer het,' zegt Antonio.
'Ik ga buiten kijken,' zegt Benji en hij stapt de ladder af.
'Ik ga mee,' zegt Antonio.
Eenmaal buiten, in de voortuin, kijken ze van links naar rechts. Na een halfuur niets gezien te hebben, gaan ze weer naar binnen.
'Vast een vergissing,' zegt Benji.
Toch laat het hem niet los. Als hij op de zolderkamer is kijkt

hij uit het raam of hij de man ziet, als hij in de woonkamer is, eveneens.

Roos valt het op en ze vraagt: 'Verwacht je iemand, Benji?'

'Eh, ja,' zegt hij en verzint een smoes. 'Peter zou langskomen.'

'Die hebben we al een tijd niet meer gezien,' zegt Roos. 'Leuk dat hij langskomt.'

Oei, wat heeft Benji nu gezegd. Snel rent hij naar de zolderkamer waar Antonio net een game download.

'Snel, Peter bellen of hij langskomt,' zegt Benji in paniek en legt de verbaasde Antonio uit wat hij net tegen Roos heeft gezegd.

'Lekker slim, dan,' zegt Antonio en toetst zuchtend het nummer van Peter in.

'Peter komt morgen,' zegt Antonio. 'Dan kunnen we een partijtje voetballen op het veldje hierachter.'

'Cool,' zegt Benji en de jongens lopen de trap weer af, want het is etenstijd.

'Komt die Peter nou nog?' vraagt Roos vanuit de keuken.

'Hij is vandaag verhinderd. Hij komt morgen,' zegt Antonio.

Benji kan nu niet meer uit het woonkamerraam kijken, dat zou teveel opvallen. Morgen dan, totdat Peter komt.

De volgende dag kijkt Benji voortdurend uit het raam.

Roos vraagt: 'Joh, Benji. Antonio kijkt toch ook niet steeds uit het raam?'

'Ik vind het zo leuk dat Peter komt,' zegt Benji.

Peter wordt 's middags door zijn vader gebracht, met de auto en mag een nachtje blijven slapen. Als ze de lunch, een broodje shoarma, achter hun kiezen hebben, gaan ze voetballen. Sven gaat naar Uitje-Bol om daar zijn ontwerpen te bespreken.

'Kijk!' zegt Antonio, terwijl ze naar het veldje lopen en hij wijst naar een geparkeerde auto iets van hun huis.

Een auto met een zwarte boot met twee drijvers op het dak. In de auto zit een man met een bril en een muts. Onmiskenbaar de man die Benji in Uitje-Bol heeft ontvoerd, die Van Lippenstein.

'Dit vind ik eng, Benji,' zegt Antonio.

'Als we bij elkaar blijven, kan hij niets doen,' zegt Benji,

'Waar hebben jullie het over?' vraagt Peter,

'Hij heeft een straalwapen,' zegt Antonio.

'Dat is waar,' zegt Benji. 'We moeten in elk geval Roos waarschuwen dat ze voor niemand open doet.'

'Waar hebben jullie het over?' vraagt Peter weer.

Ze willen oversteken. Ze durven dat niet goed, omdat de auto kan gaan rijden. Ze twijfelen. Dan rennen ze alledrie de straat over, naar hun huis. De auto komt niet in beweging. Ze zien de man wel in hun richting kijken. Antonio opent de deur en roept Roos, die in de tuin is.

'Wil je voor niemand opendoen, mams?' vraagt hij, als zijn moeder eraan komt, met haar handen zwart van de aarde.

'Waarom zeg je dat?' vraagt ze.

'Nou, eh, omdat er zoveel wordt ingebroken hier,' zegt Antonio.

'Ik kijk wel uit, hoor,' zegt Roos. 'Ik vraag eerst het legitimitiebewijs, als ik het niet vertrouw. Ga nu lekker voetballen.'

De jongens gaan weer naar het veldje en zien tot hun opluchting dat de auto weg is, Ze kijken links en rechts en zien de man niet.

'Kunnen jullie me vertellen wat er aan de hand is?' vraagt Peter.

'Straks, als we in de boomhut zijn,' zegt Antonio,

Benji stoot Antonio boos aan. Hij kan niets zeggen. Antonio gaat de boel toch niet verraden?

'Fraai is dat, dan moet ik nog een hele tijd wachten,' zegt Peter en dat is te merken aan het partijtje voetbal.

Hij vraagt telkens om uitleg.

Antonio zegt steeds: 'Straks, in de boomhut!'

Als ze even later naar de boomhut gaan neemt Benji Antonio

even apart.

'Je gaat het toch niet zeggen tegen hem,' zegt Benji.

'Welnee, ik verzin wel iets,' zegt Antonio.

Eenmaal in de boomhut zegt Antonio tegen Peter: 'Welkom bij de Hunclis!'

Benji's mond valt open. Antonio gaat toch de boel verraden.

'We spelen een spel!' zegt Antonio. 'Wij zijn geheimagenten van de Hunclis! Iedereen die we toevallig zien, zoals die man in de auto, die speelt onbedoeld mee.'

Benji slaakt een zucht van opluchting. Behalve de naam Hunclis, heeft Antonio niets verraden.

'Natuurlijk speelt Roos ook mee,' zegt Antonio. 'Dus als je mee wilt spelen. Als ik weer naar school ga, probeer ik het geheime agentschap uit te breiden.'

'Ja, leuk,' zegt Peter 'Het leek net echt, daarnet.'

'Morgen mag je ook iets doen,' zegt Antonio op samenzwerende toon. 'We gaan alledrie op straat posten, ik aan het begin, Benji aan het eind en jij in het midden. De eerste die de man met zonnebril en muts op een fiets of in de auto langs ziet komen, die moet gaan roepen en die is de winnaar.'

'Dat is niet eerlijk,' zegt Peter. 'Hij komt altijd het eerst bij het eind of het begin. Dan kan ik nooit winnen.'

'Tenzij wij niet opletten, natuurlijk,' zegt Antonio. 'Ja, als beginneling moet je gewoon in het midden staan.'

'Nou, okee dan,' zegt Peter. 'Hoe weet je of die man langskomt.'

'Omdat we hem al vaker gezien hebben,' zegt Antonio.

Benji heeft het plan zwijgend aangehoord. Hij weet niet wat hij ervan moet denken. Antonio en vooral Peter zien het als een spel. Benji weet hoe gevaarlijk deze man is. Het is ook niet slim om de geheime neporganisatie Hunclis te noemen.

De volgende dag volgen ze hun plan zoals afgesproken. Antonio gaat aan het begin van de straat staan, Benji aan het eind en Peter in het midden. Er gebeurt een hele tijd niets en Peter is al een aantal keren naar Antonio gelopen vanwege de verveling.

'Je moet op je post blijven,' zegt Antonio. 'Echte spionnen doen dat!'

Peter gaat weer terug. Hij hoort de deur achter hem open gaan en dichtslaan en even later een brommer starten. Dan rijdt de brommer langs hem weg. Er zit een man op met een muts en een zonnebril. Hij reageert niet meteen, verbijsterd als hij is. Ineens hoort hij Benji roepen. Hij rent naar Benji toe.

'Ik was eerst, ik heb hem het eerst gezien,' zegt Peter.

Antonio is ook aan komen rennen.

'Je hebt niet geroepen,' zegt Benji.

'Omdat ik niet verwachtte dat hij uit een huis zou komen,' zegt Peter. 'Ik was onthutst.'

'Voor welk huis stond je?' vraagt Benji.

'Kom, ik zal het aanwijzen,' zegt Peter.

Eenmaal daar aangekomen kijkt Benji naar het naambordje.

'K. Krelis. Dit huis stond onlangs te koop. Zou het gekocht zijn door Van Lippenstein? Hij is nu op de brommer,' zegt Benji.

'Wie is Van Lippenstein?' vraagt Peter.

'O, zomaar, een fantasieboef,' liegt Antonio.

'Ik ga even kijken,' zegt Benji en loopt verder. Hij draait zich om en geeft een knipoogje. Even later komt hij terug.

'Er staat inderdaad een fiets,' zegt Benji.

'Ik snap het al. Jullie wisten dat die vent met die zonnebril en de muts hier woonde. Jullie hebben me uitgetest,' zegt Peter.

'Ja, helemaal goed,' zegt Antonio.

Benji kijkt of hij de auto ziet. Hij ziet die niet. Het was in ieder geval geen toeval dat Van Lippenstein zich door de straat begeeft. Of hij is daar gaan wonen, of hij is daar op bezoek.

In het weiland

Het is vier uur in de middag als Peter's vader hem komt halen. Benji is opgelucht dat hij weggaat. Peter is nieuwsgierig naar alles en hij is steeds bang dat Antonio zijn mond voorbij praat.

Als ze later op de zolderkamer zitten zegt Benji 'Je kunt beter een andere naam dan die van de Hunclis kiezen.'

'Dat flapte er zomaar uit,' zegt Antonio. 'Sorry voor dat!'

'We moeten voorzichtig zijn, dat we fantasie en echte gebeurtenissen niet door elkaar gaan halen,' zegt Benji. 'Stel je voor dat die Van Lippenstein had aangevallen en dat Peter had gedacht dat het bij het spel hoorde.'

'Je hebt gelijk, Benji,' zei Antonio. 'Ik zal wat beter op mijn tellen passen. Het is wel raar dat Van Lippenstein in dat huis woont of daar iemand kent.'

'Daar moeten we achter zien te komen,' zegt Benji. 'Het huis is pas verkocht.'

'Die Van Lippenstein heeft toch niet zoveel geld?' vraagt Antonio.

'Dat weet ik niet. Denk erom, het is waarschijnlijk een Efin. Die komen aan allerlei zaken, die voor gewone mensen onbereikbaar zijn,' zegt Benji. 'Misschien hacken ze wel computers.'

'Dus jij kan dat ook,' zegt Antonio.

'Nee, dat kan ik niet,' zegt Benji. 'Ik ben nog onwetend. Hoewel, ik heb mijn robotjes.'

'Huh, mensen maken ook robots,' zegt Antonio. 'Die kunnen ook al heel veel.'

'Die zijn onbetaalbaar voor de mensen,' zegt Benji.

De volgende dag gaan Benji en Antonio bij de naaste buren informeren. Een vriendelijke vrouw staat hen te woord.

'Het huis is inderdaad pas verkocht,' zegt de vrouw. 'Ervoor woonde er een jong stel met drie kinderen.'

'Aan wie is het verkocht?' vraagt Benji.

'Volgens mij aan een buitenlander,' zegt de vrouw. 'Ik zie er altijd eentje, met een zonnebril en een zwarte muts op. Ik weet niet of hij kaal is. Met dit weer een muts op is wat vreemd. Mogelijk laat hij zijn gezin wel overkomen.'

'Hoe heette die familie, van wie het huis was?' wil Benji weten.

'De Vries,' zegt de vrouw. 'Ik heb vaak genoeg pakketjes van hen aangenomen van de postbode. Waarom willen jullie dat allemaal weten?'

'Och, zomaar,' zegt Benji.

Ze bedanken de vrouw en gaan terug naar hun huis.

'Dus hij of iemand anders heeft het huis gekocht onder de naam K. Krelis,' zegt Benji.

'We kunnen hem observeren,' zegt Antonio. 'Dan gaan we aan de overkant achter een auto zitten.'

'Dat is een goed idee,' zegt Antonio. 'Na de lunch.'

Na de lunch zien ze een auto aan de overkant staan, pal tegenover het huis van K. Krelis. Ze kijken al een half uur en gaan met hun ruggen tegen de auto zitten. Ineens horen ze een brommer. Ze kijken. De brommer rijdt hen voorbij. Er zit bovendien een vrouw op.

'Het zou wel handig zijn, om te kijken of de brommer bij het huis staat. Misschien heeft hij de fiets genomen,' zegt Benji. 'Ik ga even inspecteren, blijf jij achter de auto zitten.'

Benji gaat sluipend naar de overkant en kijkt goed of hij iemand ziet. Na een tijdje keert hij terug.

'Er staat een fiets en een brommer,' zegt Benji.

'Dan is hij met de auto,' zegt Antonio.

Dus bij iedere auto die de straat in komt rijden, veren ze op en kijken wie er langs komt. Totdat er een man uit het huis aan de kant van de auto komt.

'Zo jongens,' vraagt hij vriendelijk. 'Jullie zitten je te vervelen hier, niet?'

'Och, een beetje,' zegt Antonio.

'Nou, ik moet met de auto weg,' zegt de man. 'Dus als jullie het niet erg vinden?'

Hij stapt in de auto en rijdt weg.

'Nu zijn alle auto's weg,' zegt Antonio sip.

'Nou, we proberen het later wel,' zegt Benji. 'Laten we terug naar huis gaan.'

Thuis gekomen wacht Benji een verrassing. Er is een brief voor hem bezorgd, of beter gezegd in de bus gestopt, want er zit geen postzegel op. Roos heeft de post nog niet gepakt, dus Benji raapt de envelop op en scheurt hem open.

'Wat is het?' vraagt Antonio nieuwsgierig, nadat Benji het briefje heeft gelezen.

'Het is een getypte brief van Fajel. Of ik morgen naar de Lange Middenweg nummer veertien in De Gerst kom. Ze moet me dringend spreken. Ze vraagt ook of ik alles meeneem wat van belang is. Eindelijk, eindelijk, een brief van Fajel.' zegt Benji.

'Waar ligt De Gerst?' vraagt Antonio.

'Geen idee,' zegt Benji. 'Laten we even in de zoekmachine gaan kijken.'

Ze hebben het snel gevonden. Het is een klein dorp en het is nogal ver weg. Met de fiets is het te ver en ze kunnen er met de bus komen. Die rijdt echter om de twee uur.

'Waarom heeft ze zo ver weg afgesproken?' vraagt Benji zich af.

'Ik weet het niet. Misschien omdat het topgeheim is,' zegt Antonio. 'Mag ik mee?'

'Natuurlijk ga je mee,' zegt Benji. 'Morgen is het zaterdag, dus weer tijd voor onze zwemsmoes. Ik denk dat er veel opgelost wordt, als ik Fajel te spreken krijg.'

'Dat is natuurlijk wel fijn voor je,' zegt Antonio. 'Zij moet wel van de vele geheimen op de hoogte zijn. We kunnen het grote teken van de Hunclis meenemen, ook al is het nog niet af.'

'Ja, dan kan zij misschien vertellen waarom dat teken er is,' zegt Benji. 'Nou, het kleine teken van de Hunclis en de weetschijf heb ik al bij me, dus kunnen we het grote eraan toevoegen. Ik neem Lalp mee, om haar te laten horen wat het teken van de Hunclis via de robot zegt.'

De volgende dag zeggen ze tegen Roos en Sven dat ze gaan zwemmen en gaan ze op weg naar de stad, waar de bussen rijden. Ze moeten eerst met bus honderdenzeventig, en daarna overstappen op een bus die een keer in de twee uur rijdt, bus tweehonderdendertig. Ze hebben het goed uitgedokterd, zodat ze precies aansluiting hebben. Vrolijk stappen ze in de bus. Het duurt een half uur voordat ze kunnen overstappen op bus tweehonderdendertig. Die blijkt net weg te zijn.
'Hij is te vroeg,' zegt Benji nijdig. Dat betekent twee uur wachten. Ze vervelen zich dood en gaan even het dorp in. Ze gaan de supermarkt in en kopen daar een paar broodjes en een pak hagelslag. Hoewel ze brood van thuis hebben meegenomen is dit toch lekkerder. Daarna gaan ze op een terras een glas limonade drinken. Benji betaalt wel. Het is bewolkt en wat fris. De jongens hebben geen jas aan. Ze zitten met korte mouwen en een korte broek op het terras en besluiten daarom naar binnen te gaan. Er staat een flipperkast binnen, waarop ze nog wat spelletjes doen, niet teveel, want dat kost ook geld. Zo brengen ze de tijd wel door, totdat bus twee-honderdendertig eindelijk komt. Het is nog vijfendertig minuten rijden naar de Lange Middenweg. Eindelijk zijn ze daar. Het is een hele, lange, stille weg met hier en daar een boerderij.
'Waar is nummer veertien?' vraagt Antonio.
Zo'n vijftig meter verderop ligt een boerderij, waarnaar Benji wijst.
'Laten we het daar gaan vragen,' zegt Benji.
Achter hen rijdt een auto, heel langzaam. De jongens hebben niets door, totdat de auto naast hen komt rijden. Erin zitten twee mannen, allebei met zonnebrillen en een zwarte muts. Ze stoppen en stappen uit.

'Wegwezen!' roept Benji en hij duwt Antonio naar voren.

Met de snelheid waarmee het gepaard gaat, ziet Benji nog de zwarte boot op het autodak. Het enige waar ze naar toe kunnen gaan is de wei, met de koeien. Daar moeten ze een slootje voor over springen. Benji doet dat, het slootje is smal. Antonio haalt net de overkant niet. Hij heeft één been in de sloot. Benji trekt hem eruit.

Ze rennen de wei in. De mannen zijn intussen ook over de sloot gesprongen. Benji en Antonio rennen alsof hun leven ervan afhangt. De mannen rennen achter hen aan.

'Het is een val,' roept Benji. 'Ze hebben ons opgewacht.'

Benji en Antonio rennen nog harder. Op gegeven moment

wordt Antonio in zijn kraag gegrepen.

'Help,' roept Antonio.

Benji draait zich om en ziet Antonio in de greep van de eerste man, terwijl de tweede op hem afkomt. Hij aarzelt geen moment en haalt het robotje Lalp tevoorschijn. Als het goed is, moet deze nog gevuld zijn met de zwarte vloeistof, die hij er eerder in had gedaan. Als de man vlak bij is, drukt hij op een knop, waarop de vloeistof als een fijne nevel over het gezicht van de man sproeit. Het lijkt wel zwarte Piet. Omdat ook de ogen van de man besproeit worden, is hij even uit de roulatie. Hij veegt zijn ogen af en Benji maakt van de gelegenheid gebruik om verder te rennen. Ook Antonio heeft van de afleiding bij de andere man, gebruik gemaakt door zich los te rukken en volgt Benji.

'Er achter aan,' horen ze roepen.

Ze blijven rennen, totdat de boer en twee medewerkers het weiland op komen.

'Wat is dat daar?' roept de boer.

De twee mannen stoppen. Ze overwegen hun straalwapens te gebruiken. Ze beseffen dat een bloedbad geen oplossing is. Ze zien er verschrikkelijk uit, met hun zonnebrillen en zwarte mutsen, de ene met een zwart gezicht. Als echte boeven. Ze besluiten terug te rennen. De boer en zijn medewerkers zetten de achtervolging in. Een van de boeven valt, precies midden in een koeievlaai. Benji en Antonio zijn gestopt met rennen en hijgen uit. Benji kan een lach niet onderdrukken als hij de man ziet vallen.

'Hopelijk pakt de boer ze,' zegt hij.

De twee boeven hebben echter een voorsprong, springen over de sloot en stappen snel in de auto. De boer en zijn medewerkers hebben het nakijken.

'Wat moeten we nu zeggen tegen die boer?' vraagt Antonio.

Nieuwsgierige koeien zijn rondom hen komen staan en ook is het Benji niet bespaard gebleven in een koeievlaai te trappen.

'Getsie,' zegt hij, naar zijn schoen kijkend.

'Wat moeten we nu zeggen tegen die boer?' vraagt Antonio weer. Hij ziet de boer en zijn twee medewerkers op hen af komen. 'Als we zeggen dat we zijn overvallen, wordt zeker de politie erbij gehaald. Dan komen Roos en Sven erachter.'
'Dat is waar,' zegt Benji. 'Rennen!'
De jongens beginnen weer te rennen, totdat het weiland aan zijn einde komt en ze een slootje overspringen om zo op het volgende weiland te komen. De boer en zijn medewerkers hebben geen zin om de jongens achterna te zitten en haken af. Na een hele tijd weilanden doorkruisen, komen ze weer in de bewoonde wereld. Vervolgens moeten ze weer de weg vinden naar bus tweehonderdendertig. Ze zijn bang dat ze de mannen wederom zullen tegenkomen en kijken argwanend naar elke auto, die iets zwarts bovenop het dak heeft.
'Het was dus toch een val!' zegt Benji, als ze de lange Middenweg bereiken. 'Die auto is dezelfde als van Van Lippenstein!'

'Nummer veertien zie ik hier ook niet,' zegt Antonio.

'Wie was die andere man?' vraagt Benji.

'K. Krelis, denk ik,' zegt Antonio,

'Wie is K. Krelis?' vraagt Benji zich af. 'Dat moeten we gaan uitzoeken.'

Ze lopen naar de bushalte en Benji kijkt naar zijn horloge. Nog een half uur voordat de bus komt.

'Nu hopen, dat die kerels niet voorbij komen,' zegt Benji.

'Die denken dat we bij de boer zitten,' zegt Antonio.

'We zijn wel lang onderweg. Volgens mij zijn Roos en Sven ongerust,' zegt Benji.

'Ach, welnee,' zegt Antonio. 'We zijn ruimschoots op tijd thuis.'

'Niet vergeten, even onze kleding nat maken in de sloot,' zegt Benji.

Als ze eenmaal thuis komen, vraagt Roos: 'Waar hebben jullie al die tijd gezeten? Je vader heeft een ongelukje gehad en ik ben speciaal naar het zwembad geweest om jullie te waarschuwen.'

'O,' zegt Antonio geschrokken en kijkt opgelucht als hij zijn vader op de bank ziet zitten, met zijn arm in een mitella.

'Gebroken!' zegt Roos. 'Nou, waar hebben jullie gezeten?'

'We zijn de stad ingegaan,' zegt Benji.

'Ja, we zijn na het zwemmen de stad ingegaan,' zegt Antonio.

'Hummm, kom op met jullie zwemspullen, dat was ik wel,' zegt Roos.

Ze loopt met de spullen naar boven.

'Hoe komt dat nu, paps?' vraagt Antonio aan Sven.

'Nou, ik wilde iets ophangen en stond daarom op een trappetje. Er viel iets op de eerste trede, en ik wilde het pakken en daardoor viel het trappetje en ik dus ook.' legde Sven uit. 'Gelukkig is het mijn linkerarm, zodat ik met de rechter nog mijn ontwerpen kan maken. Onhandig is het wel.'

'Waarom zijn jullie zwemkleren nog zo nat?' vraagt Roos, die weer naar beneden is gekomen. 'Waarom stinken ze zo?'

'O, eh,' zegt Antonio, die niet weet wat hij moet zeggen.

'We zijn voor het zwemmen de stad ingegaan,' redt Benji zich uit de situatie. 'We hebben de zwemkleding nagespoeld in een sloot.'

'Zijn jullie nu voor of na het zwemmen de stad ingegaan?' vraagt Roos.

'Na het zwemmen,' zegt Antonio.

'Nee, voor het zwemmen,' zegt Benji.

'Nou, hoe het ook zit. De zwemkleding naspoelen in een sloot,' zegt Roos, 'wat idioot!'

Ze zegt er verder niets van en ontfermt zich over Sven. Antonio en Benji gaan naar de zolder. Daar praten ze nog na over de gebeurtenissen van de dag. Ze moeten heel erg uitkijken, zoveel was wel duidelijk. Voordat hij in slaap valt, voelt hij ineens een merkwaardige schok door zijn lichaam gaan. Het is net of hijzelf in zijn lichaam komt, terwijl hij er al is. Hij denkt na, is dit een overname van de Gigons. Nee, dat is het niet, want hij denkt nog altijd zoals hij denkt. Al nadenkend over de vreemde schok, valt hij in slaap.

Aurek komt langs

Benji vertelt de volgende dag aan Antonio over de schok die hij de vorige nacht voelde.

Antonio zegt: 'Dat is vreemd. Ik voelde die nacht ook iets dergelijks, alsof ik weer binnen kom in mijn eigen lichaam.'

'Ja, dat voelde ik ook,' zegt Benji. 'Mogelijk is er wel een band tussen ons.'

'Dat zal het zijn,' zegt Antonio.

Benji gaat Trot herstellen en Antonio zit achter zijn pc te gamen. Eindelijk heeft Benji het fotoschijfje van Trot weten te herstellen. Dat komt mooi uit, want zo kunnen ze het huis van K. Krelis even observeren.

'Hij kan zelfs in het huis,' zegt Benji. 'Als er tenminste een raampje openstaat.'

'Dan moet er niemand thuis zijn,' zegt Antonio.

Ze gaan naar het huis en gaan aan de overkant weer achter een auto zitten. Ze hebben geluk dit keer, want er staan meer auto's geparkeerd. Na een half uur hebben ze nog meer geluk. Ze zien de man met de zonnebril en de zwarte muts op zijn fiets wegrijden. Nu kunnen ze het huis gaan bekijken door middel van Trot. Benji stelt het schijfje in op "observatie van heel dichtbij" en hoopt dat er een raam openstaat. De kop van het robotje zoekt zelf naar een open raam en gaat naar binnen. Na een uur komt het de kop van het robotje pas terug en kunnen ze de foto's bekijken. Ze zien dat de robot allerlei dichte ramen af heeft gezocht, en uiteindelijk door een open raam op zolder naar binnen is geglipt. De zolder is helemaal leeg. De kamers op de eerste verdieping zijn gesloten. In de woonkamer staat slechts een stoel en een salontafel. Meer niet! De vloer is kaal, de muren zijn nog niet behangen en zitten vol met gaten van de vorige bewoners. Er hangen wel dichte lamellen voor de ramen.

'Het ziet eruit, alsof,' zegt Benji langzaam, 'het een hoofdkwartier is.'

'Ja,' zegt Antonio. 'We weten niet of Von Lippenstein daar met die K. Krelis woont, of dat Von Lippenstein die K. Krelis is.'

'Nee, dat weten we niet,' zegt Benji. 'Dat weten we pas als er nog iemand naar buiten komt. Voorlopig is er in het huis niemand te bekennen.'

Ze keren weer naar huis. Omdat het bewolkt is blijven ze binnen en gamen ze op de televisie met hun gameconsoles. Benji vindt er nog steeds niet veel aan, Hij raakt er zo onderhand aan gewend. Tegen etenstijd gaat de bel.

Roos roept naar de jongens: 'Kan één van jullie open doen.'

Dat doen ze niet. Ze veegt in de keuken haar handen af en al mopperend loopt ze naar de deur en doet open.

'Aurek!' horen ze Roos roepen.

Benji zijn hart gaat sneller kloppen. Is het echt waar? Staat zijn vader aan de deur? Antonio is al opgestaan en rent naar de deur.

'Aurek Bruntel,' zegt Roos en ze omhelst Aurek.

'Antonio,' zegt Roos. 'Roep je vader eens. Die zit boven te werken.'

Benji is intussen ook komen kijken, heel voorzichtig, om het hoekje van de hal. Warempel, het is echt zijn vader. Aurek komt binnen en Benji gaat weer terug naar de kamer.

'Benji, je vader is er,' zegt Roos, terwijl Aurek zijn handen uitstrekt.

'Daar ben je dan, fijne zoon van me,' zegt Aurek en hij wil Benji omhelzen.

Benji doet koel en afstandelijk. Hij weet nu niet meer wat hij van Aurek moet denken. Sven is intussen naar beneden gekomen en er is een warm weerzien tussen hen. Ze omhelzen elkaar.

'Je eet toch zeker wel mee, toch?' vraagt Roos en zonder het antwoord af te wachten, verdwijnt ze weer in de keuken.

'Vertel waar jij hebt uitgehangen,' zegt Sven.

'Straks, als we met z'n allen aan tafel zitten,' zegt Aurek.

Hij kijkt naar Benji. Benji kijkt niet naar hem. Hij voelt zich enorm opgelaten. Normaal gesproken zou hij heel blij zijn om zijn vader te zien. Nu wist hij het even niet meer. Niet na al die toevallige ontmoetingen.

'Wat ben je al groot geworden, Benji!' zegt Aurek.

'Niet groter dan ik al was,' zegt Benji, zonder zijn vader aan te kijken.

'Nou zeg,' zegt Sven. 'Je mag wel wat aardiger tegen je vader doen.'

'Heeft Benji jullie verteld, waar ik en hij vandaan komen,' vraagt Aurek.

'Hoe bedoel je?' vraagt Sven. 'Jullie komen uit Schuurbeek, Benji heeft ons gezocht, nadat je verdwenen was, en gevonden. Hij was helemaal van slag. We hebben hem langzaam weer moeten laten wennen. Fajel kwam pas veel later op de proppen. Ik ben toch benieuwd waar jij hebt uitgehangen?'

'Dat vertel ik jullie zo,' zegt Aurek geheimzinnig.

Tijdens het eten, bestaande uit rode kool, hachee een aardappels, begint Aurek van wal te steken.

'Ik werd destijds verliefd op een vrouw. Een vrouw die ik had leren kennen op internet. Je moet weten, dat ik als weduwnaar knap eenzaam ben. Die vrouw woonde in Rusland. Ze wilde wel naar mij toe komen. Dus ik stuurde haar geld en wachtte op haar. We hadden afgesproken op Schiphol. Op de luchthaven voelde ik opeens een wapen in mijn rug en in slecht Engels werd er tegen me gezegd dat ik rechtsomkeert moest maken en werd ik naar een auto gebracht, waar een man zat te wachten in de auto. Die met dat wapen was trouwens ook een man. Het bleek de man of de ex-man van de vrouw te zijn. Ze namen me mee met de auto, door Nederland heen, door Duitsland, Polen en Wit-Rusland naar Rusland, naar Siberië. Daar hielden ze mij gevangen, met slecht eten. Wat er met de vrouw is gebeurd, weet ik niet. Ik weet wel dat ik op gegeven moment mezelf kon bevrijden. Ik ben gevlucht, terwijl zij achter me aan zaten. Eerst met de

Transsiberië Express. Dat kon ik gelukkig doen, omdat ik een stapel geld van de mannen wist te ontfutselen. Toen naar Moskou en vandaar uit naar Nederland.'

'Hoe lang ben je al in Nederland?' vraagt Roos. 'Waarom heb je nog niet eerder contact met ons gezocht?'

'Ik vond het zo stom van mezelf,' zegt Aurek. 'Ik ben wel teruggegaan naar Schuurbeek. Mijn huis was alweer verhuurd.'

'Je bent naar modehuis Mantel gegaan, om Fajel te ontmoeten,' zegt Sven.

'Fajel haar woning is ook verhuurd,' zegt Aurek. 'Ik ben inderdaad naar modehuis Mantel gegaan. Fajel was daar echter ook vertrokken. Hoe weten jullie dat?'

'Van een detectivebureau dat wij in hebben geschakeld,' zegt Roos.

'Zie je wel, dat hij op de roltrap van het warenhuis was,' zegt Benji.

'Warenhuis, waar heb je het over?' vraagt Aurek.

'Dat weet je wel, dat warenhuis in onze stad,' zegt Benji. 'Je hebt ons ook gezien.'

'Ik weet van niets,' zegt Aurek en hij stopt een aardappel in zijn mond.

'In Uitje-Bol hebben wij je ook twee keer gezien,' zegt Benji.

'In Uitje-Bol? Ik weet werkelijk van niets,' zegt Aurek. 'weet je zeker dat ik dat was.'

'Ja, samen met de man met de zonnebril en die zwarte muts,' zegt Benji.

Aurek kijkt Roos en Sven aan.

'Een man met een zonnebril en een zwarte muts,' zegt hij. 'Dan weet ik zeker dat Benji de verkeerde voor zich had.'

'Je vader liegt toch niet,' zegt Roos.

'Hij liegt wel, maar dat hij zijn bezoek aan het warenhuis en Uitje-Bol ontkent, dat slaat toch alles,' denkt Benji.

'Toen heb ik naar jullie gezocht,' zegt Aurek. 'Ik vond jullie in je nieuwe woonplaats! Gelukkig hebben jullie Benji goed opgevangen.'

'Dat is een kleine moeite,' zegt Roos.

Ineens slaat de angst Benji om het hart. Stel je voor dat zijn vader hem mee zou nemen. Stel je voor dat zijn vader inderdaad gevaarlijk is geworden, om een of andere reden. Hij zou niet kunnen weigeren, want hij is nog minderjarig.

'Dat alles om een vrouw,' zegt Sven. 'Heb je al aangifte gedaan?'

'In Moskou, ja,' zegt Aurek.

'Waarom ben je niet meteen naar je werkgever terug gegaan?' vraagt Sven.

'Omdat ik me diep schaam. Ik had nog wat geld, van die boeven,' legt Aurek uit.

Benji vraagt zich af, waarom Sven en Roos dit verhaal slikken. Het is een slecht verhaal voor een geheimagent die zijn vader is. Zoiets zou allang in de nieuwsberichten verschijnen.

'Om op Benji terug te komen,' begint Aurek voorzichtig.

'Nu zul je het hebben,' denkt Benji.

'Benji hoeft nog niet direct bij mij te komen wonen,' zegt Aurek. 'ik moet immers nog een betere woning zoeken. Ik woon nu op een kamertje. Ik zal het toch leuk vinden, als hij met mij meegaat, een dagje op stap.'

Benji's hart gaat in zijn keel kloppen.

'Antonio en Benji zwemmen vaak op een zaterdag. Misschien in het leuk dat je dan meegaat,' zegt Roos.

'Nou, ik dacht iets eerder. Morgen ofzo,' zegt Aurek.

'Nee,' zegt Benji, 'ik wil niet mee!'

'Wat is dat nu voor iets raars,' zegt Roos.

'Ik wil niet mee, ik wil niet mee!' herhaalt Benji.

'Sorry, hoor, Aurek,' zegt Roos. 'Hij is al zo bij ons gewend, vooral met Antonio gaat het hij goed om.' en tegen Benji: 'Het is je vader, hoor!'

'Ik ga niet mee!' zegt Benji bokkig.

'Ik ben je vader,' zegt Aurek. 'Je mag Antonio meenemen.'

'Toch ga ik niet mee!' zegt Benji. Hij staat op en rent naar zijn kamer, waar hij de zolderdeur op slot doet.

'Het spijt mij,' zegt Roos. 'Ik weet niet waarom hij zo doet.'

Antonio bemoeit zich met het gesprek, voor de eerste keer: 'Ik weet het wel. Hij wil niet mee.'

'Waarom niet?' zegt Roos.

Er bekruipt Roos een naar gevoel dat de verstandhouding tussen Aurek en Benji niet goed is, nooit goed is geweest. Aurek staat ook op.

'Als hij nog van gedachten verandert, kan hij me bellen. Hier heb ik mijn telefoonnummer,' zegt hij.

Hij krabbelt een telefoonnummer op een papiertje en geeft dit aan Roos.

'Ik ga nu,' zegt Aurek.

Zo neemt Aurek weer afscheid van de familie, die zich erg opgelaten voelt. Althans, Roos en Sven. Roos loopt naar boven en klopt op Benji's deur.

'Benji, ik begrijp dat je een beetje boos bent,' zegt ze. 'Het komt ook zo rauw op je dak vallen.'

'Ik wil niet mee,' zegt Benji.

'Aurek is nu weg,' zegt Roos. 'Waarom wil je niet mee? Het is voor een dagje of een middagje. Het is je vader.'

'Ik ga niet mee,' zegt Benji.

'Wil je dan dat wij erbij zijn, bij dat uitstapje?' zegt Roos. 'Hadden jij en je vader wel een goede relatie?'

Benji dacht na. Ja, hij had zeker met zijn vader een goede relatie. Hij wist echter niet hoe hij over deze vader moest denken.

Daarom zegt hij: 'Ga weg, laat met met rust.'

'Okee, ik ga al,' zegt Roos.

'Hij is niet te genieten,' klaagt Roos, als ze weer naar beneden komt.

'Zal ik het een keer proberen?' vraagt Antonio.

'Hij zal tegen jou hetzelfde zeggen,' zegt Roos. 'Ik weet niet wat er met hem aan de hand is.'

Antonio klopt en wordt meteen binnen gelaten.

'Wat is dat nou, vertrouw jij je eigen vader niet?' vraagt Antonio meteen.

'Nee, natuurlijk niet, die keren dat wij hem zagen, in het warenhuis en in Uitje-Bol, dat ontkent hij,' zegt Benji.

'Nou, misschien heeft hij gelijk, is het iemand die op hem lijkt,' zegt Antonio.

'Nee, dat geloof ik niet. Dan dat prutverhaal wat hij ophangt. Dat is ook ongeloofwaardig,' zegt Benji.

'Je vader kan moeilijk vertellen dat hij op Piron ontsnapt is,' zegt Antonio.

'Als lid van de Hunclis zou ik wel verwachten dat hij met een geloofwaardiger verhaal aan zou komen,' zegt Benji. 'Jullie trappen allemaal in dat stomme verhaal. Bovendien maakte hij aan tafel een efins gebaar, hij wees naar zijn mond!'

'Nou en, er zijn wel meer mensen die naar hun mond wijzen,' zegt Antonio.

'Mijn vader is een Efin. Dat betekent dat ik mijn bek moest houden!' zegt Benji.

'Dat is me niet opgevallen,' zegt Antonio. 'Hoe deed hij dat dan?'

Benji deed het gebaar voor. Twee vingers op zekere afstand van de mond.

'Dat valt zeker niet op,' zegt Antonio. 'Als wij willen dat iemand zijn mond dicht houdt, dan doen wij de wijsvinger op de lippen.'

'Efinse gebaren zijn anders,' zegt Benji. 'Als we willen dat iemand zijn mond dicht houdt, gaat er een vinger, de wijsvinger, op afstand van de mond. Met twee vingers betekent het dus dat ik mijn bek dicht moest houden en dat bevalt me niks!'

'Als je met hem op stap gaat, biedt het je de kans om achter alle geheimen te komen,' zei Antonio. 'Als je niet wil, dan houdt het op. Ik ga nu naar beneden.'

Als Antonio weg is denkt Benji na. Er zit wel wat in wat Antonio zegt. Hij heeft dan wel zijn vader gesproken, maar niet echt. Hoe zal hij het aanpakken om zijn vader te spreken, zonder gevaar te lopen. Hij weet het even niet. Hij schuift de kegels onder zijn bed vandaan en ziet dat de zevende kegel is gebroken. Eindelijk weer eens een kegelbreuk.

Toch in gesprek met Aurek

Benji haalt het blad uit de kegel. Nu nog twee! Hij heeft geen zin om naar beneden te gaan, want dat zou hij weer over zijn vader moeten praten. Hij denkt na. Hij weet niet hoe hij zonder gevaar zijn vader moet spreken. Even later komt Antonio hem gezelschap houden.

'Ik weet niet hoe ik met mijn vader in gesprek moet,' zegt Benji. 'Ook al neem ik jou mee. Hij kan gevaarlijk zijn. Ik begrijp niet hoe dat kan.'
'Je denkt nog steeds dat je hem echt heb gezien, in Uitje-Bol

en op de roltrap,' zegt Antonio.

'Jij hebt hem toch ook gezien,' zegt Benji. 'Nou, was het mijn vader of niet?'

'Ja, hij leek wel op je vader,' zegt Antonio. 'We moeten in ieder geval die Van Lippenstein in de gaten houden. Dat doen we morgen. Oh nee, morgen wil Roos met ons de stad in, zei ze net. Ze wil kleren gaan kopen. We zijn gegroeid, vindt ze, en toe aan iets nieuws.'

'Nou, dan moet het,' zegt Benji.

Hij wil de doos met kegels onder het bed schuiven. Hij ontdekt dat er weer een gebroken is.

'Nog eentje, nu gaan ze achter elkaar,' zegt Benji en hij peutert er weer een blad uit.

'Nu nog eentje, en dan is het grote teken van de Hunclis compleet,' zegt Benji.

De jongens blijven nog wat napraten over Benji's vader en gaan dan slapen. Benji blijft echter piekeren. Zal hij wel of zal hij niet met zijn vader contact opnemen?

De volgende dag gaan ze met Roos naar de stad. Eerst naar een spijkerbroekenwinkel, waar ze allebei twee toffe spijkerbroeken krijgen. Daarna een ijsje eten op het terras. Roos drinkt koffie, de jongens krijgen ijs.

'Waarom wil je nu niet met je vader op stap?' begint Roos weer en voorzichtig: 'ik vraag het weer, hadden jij en je vader wel zo'n goede relatie?'

Benji zweeg. Ja, hij had een goede relatie met zijn vader. Het zou hem goed uitkomen om hier ook over te liegen. Toch doet hij dat niet.

'Liet hij je aanmodderen? Sloeg hij je? Wist je van de relatie die hij had met die Russische vrouw? Neem je hem dat kwalijk?' probeerde Roos te vissen.

'Nou zeg, mams,' zegt Antonio. 'Zoveel vragen aan Benji.'

'Ik moet toch weten wat er aan de hand is,' zegt Roos, zich naar Antonio kerend. 'Als Aurek wil kan hij Benji zo van ons afnemen. Dat zal er toch een keer van komen, als Aurek een fatsoenlijk huis heeft. Dan moet Benji wel willen.'

'Dat maakt toch niet uit, of ik wil of niet,' zegt Benji. 'Als Aurek mij wil meenemen, dan ben ik weg bij jullie.'

'Ik geloof nooit dat Aurek je tegen je wil meeneemt,' zegt Roos. 'Zo ken ik hem niet. Dus, wat is er met je, Benji?'

'Ik heb een goede verstandhouding met mijn vader,' zegt Benji, 'maar ik vind het bij jullie leuker.'

'Daar moeten we dan eens over praten met je vader,' zegt Roos. 'Wellicht kan hij een huis vlak bij ons in de buurt vinden.'

'Ha ha, ja, dat huis van K. Krelis,' flapt Antonio eruit.

'Wie is dat?' vraagt Roos.

'Niemand, een fantasiefiguur,' zegt Benji. 'Uit een spelletje.'

'Nou, ik bel mijn vader vanmiddag wel,' zegt Benji. 'Dan kunnen Antonio en ik dinsdag met hem op stap.'

Antonio kijkt ervan op. Die eigenwijze Benji, die plotseling van gedachten veranderd en een tevreden kijkende Roos. Ze gaan nog wat shirts en zomerjacks kopen, nieuwe zwembroeken en schoenen. Dan zijn ze helemaal klaar voor de zomer. Benji en Antonio gaan meteen naar de zolderkamer. Met een hevig kloppend hart belt Benji met Aurek. Er wordt meteen opgenomen.

'Ik wil met je afspreken morgen,' zegt Benji.

'Dat verheugt mij zeer,' zegt Aurek. 'Waar wil je naartoe, naar de film, naar het zwembad, naar de dierentuin? Je zegt het maar.'

'Ik wil afspreken bij de snackbar,' zegt Benji. 'Drie straten verder.'

'O,' zegt Aurek. 'Dat is een vreemde plaats. Weet je het zeker?'

'Heel zeker,' zegt Benji.

'Neem je Antonio mee?' vraagt Aurek.

'Nee, die neem ik niet mee,' zegt Benji.

'O, gelukkig,' zegt Aurek. 'Niet omdat hij niet welkom is,

maar we moeten het over zaken hebben, en dan kunnen we hem er niet bij hebben. Of weet hij alles?'

Benji zwijgt even en liegt dan: 'Hij weet niets.'

'Dat is goed. Morgen dus bij de snackbar,' zegt Aurek.

'Dat is mooi, dus ik mag niet mee,' zegt Antonio, als het gesprek is afgerond.

'Ja wel, jij volgt mij op een afstandje,' zegt Benji. 'Mijn vader mag niet weten dat jij alles weet. Zo kun je mij in de gaten houden, wil hij toch iets vreemds doen. Je zei immers zelf dat ik achter de geheimen moet komen.'

'Ja, dat is zo,' zegt Antonio.

'Ach, misschien hoor ik morgen wel dat hij ontsnapt is op Piron en zijn er een heleboel redenen voor zijn gedrag,' zegt Benji.

Die avond ontdekken ze dat de negende kegel is gebroken. Voorzichtig wipt Benji het laatste blad eruit.

'Nu krijgen we het grote teken van de Hunclis,' zegt Benji en hij klipt het laatste blad aan het teken.

Ineens begint het voorwerp te gloeien aan de achterkant. Benji draait het geheel om en ziet een kaart.

'Wat is dat?' vraagt Antonio.

'Een kaart. Even kijken,' zegt Benji.

Hij bestudeert de kaart. Er staan vreemde tekens op en ook in efinse taal enkele woorden.

'Dit is het hoofdkwartier van de Gigons,' zegt Benji. 'Ik weet niet of dat op Aarde is of op Piron.'

'Wat moeten wij nou met het hoofdkwartier van de Gigons,' zegt Antonio.

'Ik weet het niet,' zegt Benji. 'Het lijkt wel of Fajel wil dat ik op pad ga. Ik ben daar niet slim en sterk genoeg voor. Ik heb ook geen wapens.'

'Je hebt je robotjes,' zegt Antonio.

'Dat is niet voldoende,' zegt Benji. 'Als wij dat hoofdkwartier binnen moeten vallen, hebben we wel meer nodig dan enkele robotjes. Misschien kan mijn vader ons helpen.'

Benji gaat de volgende dag goed voorbereid op pad. Hij stopt de weetschijf in de kluis, hij neemt het kleine teken van de Hunclis mee en hij steekt zijn vier robotjes bij zich in zijn rugzak. In ieder geval Dips voor de vertaling vanuit de efinse naar de aardse taal, om aan Antonio te laten horen en Lalp voor het teken van de Hunclis. Daarna gaat hij naar de snackbar.

'Let erop, Antonio, je blijft honderd meter achter me,' zegt Benji.

In de snackbar is zijn vader er nog niet, terwijl het wel druk is. Hij bestelt een patatje en gaat op het terras zitten. Hij ziet Antonio achter een auto en zwaait naar hem. Tien minuten te laat komt zijn vader.

'Mijn excuses dat ik zo laat ben,' zegt Aurek en in het efins 'Ik heb weten te ontsnappen aan de Gigons op Piron en nu ben ik hier.'

'Mama dan?' vraagt Benji, ook in het efins.

'Ik heb je moeder niet kunnen vinden,' zegt Aurek.

Hij kijkt daarbij alsof hij het over een dier heeft. Benji kijkt droevig naar beneden. Er ontsnapt een traan uit zijn linkerooghoek.

'Ik ben meteen naar Aarde gegaan,' zegt Aurek.

'Was je het nu op die roltrap en in Uitje-Bol of niet?' vraagt Benji.

'Ja, dat was ik,' zegt Aurek. 'Ik moest dringend wat doen voor de Hunclis.'

'Die man dan met die zonnebril en die zwarte muts, bij dat schaatsen,' zegt Benji.

Aurek denkt na en zegt dan: 'O, die! Hij vroeg me hoe laat ik het had.'

Benji denkt nu na. Hij had niet gezien dat zijn vader op zijn horloge had gekeken. Het klinkt alsof het echt zo gegaan is.

'Waarom maakte je dat gebaar in het efins dat ik mijn bek dicht moest houden?' vraagt Benji. 'Gisteren aan de tafel!'

'Ik ben me van geen kwaad bewust,' zegt Aurek. 'Weet je

zeker dat mijn gebaar efins was.'

Nee, zeker was Benji er niet van. De gebaren waren subtiel en iemand kan zich gemakkelijk vergissen. Misschien had hij zich wel vergist. Benji pakt Lalp en stopt het teken van de Hunclis erin. Benji laat Aurek de teksten horen, die het teken van de Hunclis bevat.

'Iedereen van de Hunclis is dood,' zegt Aurek. 'Behalve Fajel. Waar zij uithangt weet niemand.'

Benji's mond is open gevallen van verbazing.

'Iedereen dood?' vraagt hij.

'Ja, onze vijand heeft goed huis gehouden,' zegt Aurek.

Benji pakt Gurk en laat hem zien aan zijn vader.

'Nog een robot,' zegt zijn vader. 'Wat doet hij?'

Benji kijkt of hij water ziet branden. Of zijn vader heeft een deel van zijn geheugen verloren, of er is iets anders mis. Hij zou toch moeten weten, hoe de robotten werken. Hij heeft ze zelf ontworpen.

'Weet je niet meer dat je me de robotjes hebt gegeven?' vraagt Benji.

Ineens groeit zijn wantrouwen tegenover Aurek.

'Oja, nu weet ik het weer,' zegt Aurek. 'Het weetschijfje moet ik hebben. Weet jij waar dat is?'

'Nee, dat weet ik niet,' zegt Benji kortaf.

'Al goed, jongen,' zegt Aurek. 'Ik breng je even thuis.'

Benji loopt met zijn vader over straat en kijkt om. Gelukkig, Antonio volgt hem, van auto naar auto.

'Het is jammer dat je niet weet waar het weetschijfje is,' zegt Aurek. 'Daar staan alle geheime ontwerpen op.'

'Het is verloren gegaan,' zegt Benji. 'Tijdens mijn vlucht vanaf Piron.'

'Echt waar?' vraagt Aurek.

'Echt waar!' liegt Benji.

Ontvoerd

Ze komen in de volgende straat. Opeens komt er een auto in de straat draaien. Aurek Bruntel pakt Benji op en werpt hem over zijn schouder.
'Hé,' zegt Benji, 'wat moet dat, laat me los!'

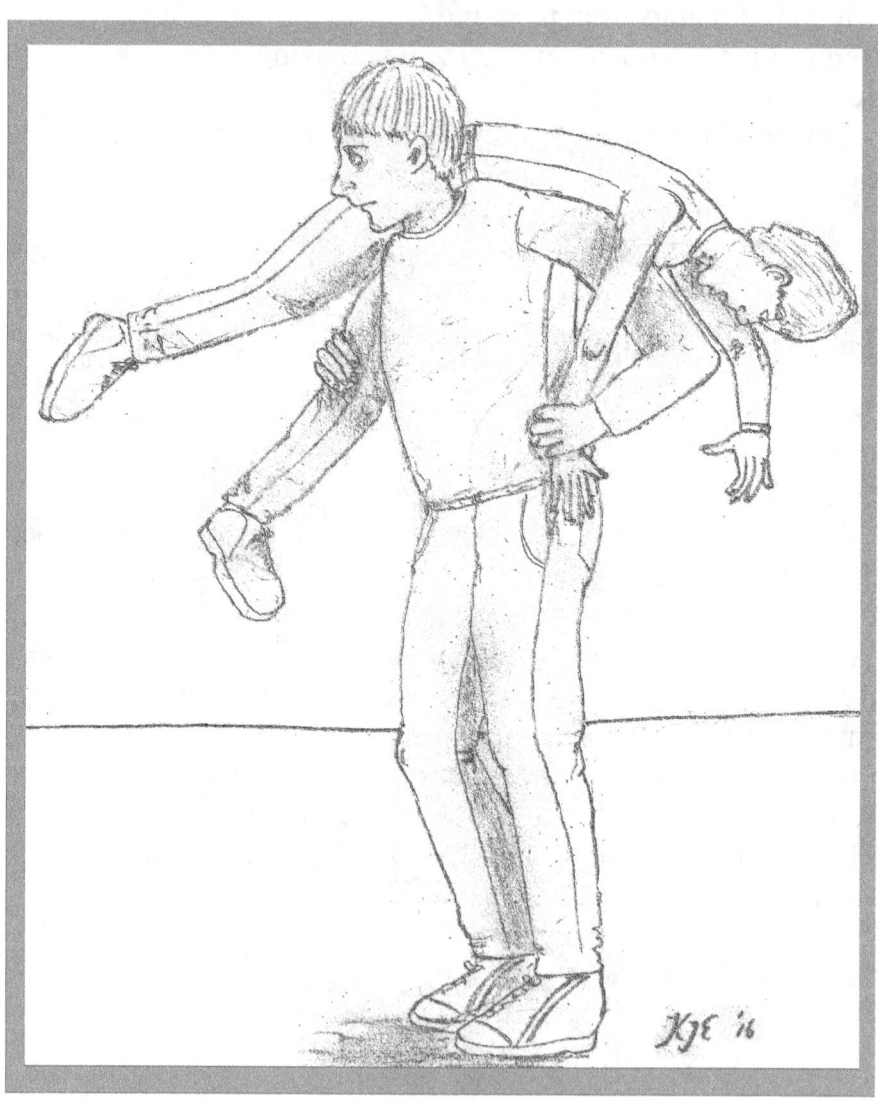

Zijn vader werpt Benji achterin de auto en gaat er zelf naast zitten, hem stevig vasthoudend. De man achter het stuur heeft een zonnebril en een zwarte muts op.

'Wat is dat?' vraagt Benji. 'Waarom nemen jullie me mee?'

Aurek zegt niets. Hij kijkt wreed naar zijn zoon.

Antonio heeft het gezien en rent achter de auto aan. Dat heeft geen zin. Het is weer die auto, met die zwarte boot op het dak. De auto van Van Lippenstein. Antonio hijgt van het vele rennen. Wat moet hij nu doen? Er zit niets anders op dan zijn ouders te waarschuwen.

Benji wordt naar een verlaten terrein gebracht, met een even verlaten gebouw. Een houten gebouw zonder ramen, zo te zien. Hij heeft tijdens de rit gevraagd wat ze met hem moeten. De mannen zwijgen. Nu smijten ze hem naar binnen. Ze sluiten de deur en het is donker. Aurek knipt het licht aan.

'Zo, geen geintjes meer, jongen,' zegt hij. 'Waar is het weetschijfje?'

'Ik weet het niet,' zegt Benji.

'Geen onzin. Je weet het wel, getuige je optreden in Uitje-Bol. Dan hebben we nog dit,' zegt Aurek, 'Uxel, kom!'

Langzaam komt het hondje Drimmel naar voren, schuiven meer, in plaats van lopen. Hij schijnt enigszins gemaakt te zijn. Aurek pakt hem op en drukt een knopje onder zijn halsband in en Benji hoort alles wat hij eerder met Antonio besprak, toen hij zich afvroeg waar hij het weetschijfje moest verstoppen.

'Ik heb het weggegooid,' zegt Benji. 'Al die ellende met die inbraken.'

'Lieg niet, jongen!' zegt Aurek kwaad.

'Ben je wel mijn vader?' vraagt Benji.

'Misschien wel, misschien niet,' zegt Aurek geheimzinnig. 'Dat doet er niet toe. Zwijg verder, doe je kleren uit en schop ze naar mij toe.'

Om de dreiging kracht bij de zetten haalde Van Lippenstein

het straalwapen tevoorschijn.

'Ik weet wie je bent,' zegt Benji tegen Van Lippenstein. 'Van Lippenstein en je woont nu in mijn straat, onder de naam K. Krelis.'

'Houd je kop!' zegt Aurek, terwijl hij de kleding onderzoekt.

'Ach, de jongen mag het wel weten nu,' zegt Van Lippenstein. 'Hij kan het toch niet meer na vertellen.'

'Houd jij ook je kop!' zegt Aurek.

Hij zoekt in de rugzak van Benji, nadat hij de robotjes eruit heeft gegooid.

'Niets,' zegt Aurek. 'Nu zullen toch je robotjes eraan moeten geloven. Ik zal dat weetschijfje hebben, koste van kost.'

Tot Benji's verdriet moet hij zien dat Aurek de robotjes sloopt, zonder dat hij het weetschijfje vindt. Woedend stampvoet Aurek op de grond. Hij schopt de kleding terug naar Benji.

'Trek je kleding weer aan, lang zul je er niet van genieten,' zegt Aurek.

'Wat willen jullie met het weetschijfje?' vraagt Benji, terwijl hij de onderdelen van de robots weer terug stopt in zijn rugzak.

'Op dat weetschijfje staan alle formules over de geheime wapens van de Efins,' zegt Aurek. 'Dan kunnen we Piron veroveren en daarna de Aarde.'

'Zijn jullie verraders of Gigons?' vraagt Benji. Daar kreeg hij geen antwoord op.

Nu realiseerde Benji zich dat het onmogelijk Gigons konden zijn, want Lalp had niet gebruld. Bovendien konden Gigons niet zo lang iemand overnemen. Was zijn vader dan toch een verrader?

'Jullie zijn zelf Efins,' zegt Benji. 'Waarom helpen jullie dan de Gigons?

Er kwam wederom geen antwoord.

'Nu gaan we naar je pleegouders en je pleegbroer,' zegt Aurek. 'Als het weetschijfje niet hier is, dan wel daar.

Uiteraard zorgen we ervoor dat geen van jullie het kan na vertellen.'

'Nee,' zegt Benji.

'Ja,' zegt Aurek.

'Nee, ik weet waar het weetschijfje is, het is niet bij mij thuis,' zegt Benji.

'Zo, waar is het dan?' vraagt Aurek.

'Bij Fajel,' zegt Benji. 'Die zijn we in het geheim tegengekomen.'

De mannen beginnen tegen elkaar te lachen.

'Bij Fajel! Ha ha, nou, we gaan eerst naar jou huis en als het daar niet is gaan we wel op zoek naar Fajel,' zegt Aurek.

De twee kerels gaan weg en sluiten de deur achter zich. Het licht laten ze aan.

Antonio is intussen naar huis gerend. Hij treft daar zijn ouders niet aan. Nu weet hij het weer, zijn ouders hebben zichzelf getracteerd op een dagje stad. Hij moet ze bellen.

'Roos Guldenaar,' hoort hij een bekende stem.

'Mams, Aurek heeft Benji ontvoerd,' zegt hij gehaast en hij legt uit hoe het gegaan is.

'Hoe kan dat nou?' zegt Roos. 'Dat is toch niet nodig.'

'Hij is in gevaar!' zegt Antonio.

'Nou, in gevaar. We zijn binnen een uur thuis en dan bespreken we wel wat we gaan doen,' zegt Roos. 'Mogelijk heeft Aurek Benji dan wel terug gebracht.'

Antonio wacht dus. Hij loopt zenuwachtig heen en weer. Benji is in gevaar, hij voelt het.

Benji stampvoet op de grond van woede. Zijn plannetje om de twee mannen de andere kant uit te sturen is mislukt. Benji hoort de mannen rondom het huis, dus weg zijn ze nog niet. Dan hoort hij niks meer, of toch wel, hij hoort het geluid van … hij kan het niet thuisbrengen. Dan hoort hij gekraak. Hij ziet vlammen.

'Jeetje, mijn eigen vader steekt mij in de fik,' roept Benji. 'Help, help!'

Hij beseft dat zijn geroep geen zin heeft. Het mes van Gurk. Hij graait in zijn rugzak en heeft al snel de losse arm met het mes van Gurk te pakken. Daarmee probeert hij de deur te openen. De vlammen slaan ondertussen naar binnen. Het lukt hem niet om de deur te openen. Vuur grijpt om hem heen.

'De bomblokken van Trot,' denkt hij en hij grijpt weer in zijn rugzak, terwijl hij moet hoesten van de rookontwikkeling.

Hij realiseert zich dat hij eerst iets anders moet doen. Hij moet zichzelf beschermen. Hij trekt zijn shirt uit en moet vocht hebben. Hij weet niets anders dan het restant van de zwarte vloeisproeistof van Lalp op het t-shirt te spuiten. Dat bindt hij om zijn mond heen. Dan de bomblokken. Eentje zit er nog vast aan het been van Trot, eentje is los. Dat is echter niet erg, omdat ze los kunnen functioneren. Hij stelt de tijd in en plaatst de blokken bij de deur, een aan de rechterkant en een aan de linkerkant. Alles wat eruit komt is een kleine, niet noemenswaardige plof en nog een plof.

Benji begint te huilen: 'Zo wil ik niet sterven.'

Hij gaat moedeloos op de grond zitten, het vuur grijpt nog meer om hem heen. Hij is verloren, hij zal levend verbranden. Opeens wordt de deur opengetrapt. Een figuur met een soort geweer in de aanslag staat in de deuropening. Uit dat geweer sproeit een koude nevel. Het komt op Benji neer.

Hij wordt bij zijn arm gepakt en een vrouwenstem zegt: 'Kom mee.'

Nog steeds bij zijn arm vast rent de vrouw weg van de brandende keet en komt pas tot stilstand als ze ver genoeg zijn. Benji kijkt beduusd naar zijn redster en haalt de doek van zijn gezicht. Het is Fajel. Ze heeft een motorpak aan.

'Nou zeg, wat zie je eruit,' zegt Fajel lachend. 'Wit van de nevel met een zwarte snoet. Ik zal de nevel even eraf vegen.'

'Fajel,' zegt Benji. 'Je kwam net op tijd.'

'Ja, ik moet je weer uit de nesten helpen,' zegt ze, terwijl ze naast een motor staat en het witte van Benji afveegt met een doek.

'Dat zwarte krijg ik er niet af,' zegt ze. 'Dat moet je met water en zeep proberen. Ik heb een reservehelm in de bagagebox,' zegt ze, terwijl ze de helm te voorschijn haalt. 'Klim achterop.'

Benji kijkt naar het brandende gebouw.

'Mijn vader wil me verbranden,' zegt hij.

'Dat verbaast me niets,' zegt Fajel. 'Je vader is een verrader. Ik ben hem net op tijd op het spoor gekomen. Nou, waar is je nieuwe huis?'

'O, eh,' zegt Benji, 'dat is waar ook. Roos, Sven en Antonio zijn in gevaar. Aurek en Van Lippenstein zouden daar naar toe gaan. We moeten er snel naar toe, Reutelstraat vierentwintig.'

Fajel start de motor en in een razende vaart gaan ze naar Benji's huis.

'Waar ben jij al die tijd geweest?' vraagt Benji.

'Ik heb al die tijd ondergedoken gezeten,' zegt Fajel, 'omdat Aurek en die Van Lippenstein alle leden van de Hunclis uit hebben geroeid.'

'O jee,' zegt Benji.

Ze rijden verder. Nog even en dan zijn ze bij Benji's huis.

Het weetschijfje

Net voor het huis van Benji laat Fajel de motor afslaan.
Ze zegt: 'Nou stil, we moeten eerst kijken of ze in het huis zitten.'

Ze gluren eerst door het raam en zien vanachter een bank een paar benen liggen, gebonden.
'Paps, mams,' zegt Benji.
'Sssttt,' zegt Fajel. 'Heb jij de sleutel?'
Benji knikt.
'Dan gaan we heel voorzichtig naar binnen, maak geen geluid,' zegt Fajel.
Met angstig kloppend hart volgt Benji Fajel naar binnen.

Hoewel ze proberen zo min mogelijk geluid te maken, komt het Benji over dat hun ademhaling de honderd decibel bereikt. De deur van de woonkamer staat open. Ze zien Roos en Sven op de grond liggen. Fajel loopt meteen naar Roos toe, die vastgebonden ligt, en een knevel voor haar mond heeft.

Fajel knielt en fluistert: 'Mevrouw Guldenaar, ik ga de prop uit uw mond halen. Wilt u zachtjes fluisteren wat er is gebeurt?'

Fajel doet wat ze zegt en Roos roept hard: 'Ze hebben Antonio mee naar zolder genomen.'

'Ssssttt,' zegt Fajel. 'Ik ga naar zolder.'

Fajel gaat de trap op en fluistert tegen Benji: 'Maak je moeder en je vader los.'

'Ik ga mee,' fluistert Benji,

'Nee,' fluistert Fajel. 'Dat is te gevaarlijk!'

Hij gaat toch mee. Ze heeft een straalwapen in haar handen. Een ander wapen dan van Lippenstein heeft. Benji kent het niet. Het ziet er uit als een langgerekte staaf.

Ze staan voor de deur van de zolderkamer en horen een man zeggen: 'Zo! We gaan nu naar beneden, jongen en dan rekenen we af met jou en je ouders.'

De deur wordt geopend en de boeven staren in het straalwapen van Fajel, die de deur verder open trapt. Ze ziet Antonio naar zijn pc-tafel vluchten en schiet. Een vreemde nevel verschijnt uit het straalwapen. De mannen schieten terug. Benji beseft dat het menens is en duikt een paar treden terug onder. Fajel schiet en schiet. Het zijn twee mannen met zonnebrillen en zwarte mutsen op. De ene man ontsnapt door het raam naar buiten. Ze raakt de andere man. Ze kijkt of ze hem goed heeft geraakt. Dan hoort ze Antonio kreunen. Hij zit bij zijn pc-tafel en is gewond geraakt door een straalwapen, afgevuurd door één van de dieven.

'Hij heeft het weetschijfje,' kreunt Antonio, wijzend naar het raam waaruit de man ontsnapt is.

'Dan ga ik er achteraan,' zegt Fajel en roept Benji. Benji komt binnen en ziet tot zijn schrik Antonio gewond.

'Zorg voor Antonio en laat die vent liggen. Die ruim ik later op. Nu ga ik achter het weetschijfje aan.'

Zij klimt ook door het raam naar buiten, een verbijsterde Benji achterlatend.

'Antonio,' zegt Benji. 'Kun je lopen.'

'Ja, het is mijn arm,' zegt Antonio. 'AU!'.

Zijn linkerbovenmouw is doordrenkt met bloed. Terwijl hij langzaam naar beneden loopt met Antonio, hoort hij de motor van Fajel starten. Beneden gekomen maakt Benji zijn ouders los en haalt de prop uit de mond van zijn vader.

'Antonio moet naar het ziekenhuis,' zegt Benji snel.

'Dat zie ik ook wel,' zegt Sven met de nodige irritatie in zijn stem. 'Ik bel de ambulance en de politie.'

'De politie bel je later, ik wil met Antonio mee naar het ziekenhuis,' zegt Roos.

Roos had zich intussen over Antonio ontfermd en probeerde zijn wond te stelpen. Sven heeft last van zijn armbreuk door de overval. Hij trekt zich daar niets van aan. Hij belt de ambulance en hij is boos.

'Verdomde dieven,' zegt Sven. 'Zie je wel dat ze iets van jou moesten hebben, Benji. Een weetschijfje. Dat mag je wel uitleggen. Wat zie je eruit met dat zwarte gezicht?'

'Paps, de boeven hebben het weetschijfje,' zegt Antonio, zijn lippen verbijtend van de pijn. 'Ik moest het van hen uit de kluis halen. Fajel is er achteraan.'

De sirene van de ambulance klinkt. De broeders constateren dat Antonio direct naar het ziekenhuis moet. Roos mag meerijden.

'Kom,' zegt Sven tegen Benji. 'Wij gaan met de auto.'

Ze stappen snel in de auto van Sven.

'Ik bel nu de politie. Dan kunnen ze naar het ziekenhuis komen en vragen stellen,' zegt Sven.

Hij belt met de politie en die zullen meteen iemand naar het ziekenhuis sturen.

'Hoe komt al dat zwart op je gezicht? Nu mag je me ook uitleggen of de vader je, volgens Antonio, heeft ontvoerd, en wat een weetschijfje is en wat die dieven er mee moeten?' vraagt Sven.

Benji weet geen smoes te verzinnen en zwijgt.

'Nou!' dringt Sven aan.

Benji weet niet anders dan een stukje van de waarheid te vertellen.

'Mijn vader heeft me even meegenomen, hij is geheim agent en dat weetschijfje is van hem. Ik kreeg het in bewaring. Ik weet niet wat er op staat,' zegt Benji.

'Zo, zo, dus je vader is geheim agent,' zegt Sven. 'Joh, lieg niet. Vertel wat er is met het weetschijfje. Is het niet een schijfje wat vol met geld zit, wat je ons niet heb vertelt. Hoe ziet het eruit?'

'Het is heel klein, rond en zilverkleurig,' zegt Benji. 'Je hebt het al eens eerder gezien, in mijn portomonnee in Uitje-Bol. Er is niet veel aan te zien.'

'Een soort chip,' zegt Sven.

'Ja, zoiets. Het lijkt op een rond, plat, batterijtje,' zegt Benji en met zijn hand geeft hij de grootte aan, net zo groot als een dubbeltje.

'Weet Fajel ervan?' vraagt Sven.

'Ja,' zei Benji kortaf.

'Hoe kom je nu aan dat zwart op je gezicht?' vraagt Sven. 'Wat is dat?'

'O, nou, ik heb,' zegt Benji, 'even aan de motor van Fajel gesleuteld, het is smeer.'

'Nou, we zijn er,' zegt Sven. 'Ik kom er later op terug.'

In het ziekenhuis blijkt Antonio naar de operatiekamer te zijn gebracht. Antonio heeft een klein gaatje in de zijkant van zijn arm, van voor naar achter en dat moeten ze dichten. Ze denken dat er een kogeltje dwars doorheen is gegaan. Dat is niet zo. De wapens werken met stralen. Roos zit gespannen te wachten. Ondertussen is de politie ook gearriveerd. Roos en Sven vertellen de agenten de gebeurtenissen van het begin tot het eind, van Benji's ontvoering door Aurek tot het moment dat ze naar het ziekenhuis moesten met Antonio. De beide daders droegen zonnebrillen en zwarte mutsen, weten ze te vertellen. Benji wordt ook aan de tand gevoeld en zegt hetzelfde wat hij Sven heeft verteld. Nu komt Fajel in beeld. Omdat ze de boeven achterna zit en niemand weet waar ze woont, wil de politie haar later spreken, als ze weer op komt draven of opsporen.

De agenten maken notities en een agent zegt: 'Er zit zwart op je gezicht,' tegen Benji.

Benji knikt. De agenten nemen afscheid en Sven zegt tegen Benji: 'Ga het snel van je gezicht afwassen.'

Benji gaat naar de wc en probeert het zwart van zijn gezicht af te wassen en dat gaat helemaal niet. De inkt blijft langdurig zitten. Thuis heeft hij een ander middel, tofur, dat de inkt er wel af kan halen, dus hij gaat weer met een zwart gezicht naar zijn ouders.

'Hoe krijg je het er dan af?' vraagt Sven boos. 'Met terpentine, met thinner. Dat is allemaal gevaarlijk voor je gezicht! Welnu, we proberen het thuis nog wel een keertje.'

Als Antonio weer uit de narcose is, zit een deel van zijn arm in het verband. Hij mag nog niet naar huis. Roos, Aurek en Benji nemen afscheid van hem en gaan met de auto naar huis.

'Ze vinden Fajel nooit,' zegt Benji.

'Ja, over Fajel gesproken,' zegt Sven, 'wat is haar rol? Je gaat met je vader mee. Antonio dacht dat je ontvoerd werd. Je kwam Fajel daar tegen. Fajel heeft je weer thuis gebracht, net toen wij thuiskwamen vanwege dat verhaal van Antonio en wij overvallen werden.'

'Dat klopt,' zegt Benji. 'Fajel wilde het weetschijfje hebben. Zij is ook geheim agent!'

'Hou toch op met dat geheime agentengedoe,' zegt Sven. 'Ik weet dat jullie in de boomhut geheim agentje spelen. Je fantasie moet niet met je op de loop gaan. Wat is er aan de hand?'

'Waarom zouden die dieven anders een weetschijfje moeten hebben?' bemoeide Roos zich ermee. 'Wat dat ook moge zijn, een weetschijfje. Weet dat schijfje alles?'

Benji legt nogmaals uit wat hij van het weetschijfje weet. Niet veel dus!

Als hij thuis is, wil Sven meteen Benji's gezicht afspoelen met groene zeep. Benji rent snel naar zijn zolderkamer. Daar ligt het lichaam van de ene boef. Hij herkent Van Lippenstein. Er ligt geen bloed, het straalwapen van Fajel laat geen bloed achter. De straalwapens van de boeven wel. Het lichaam zou Fajel komen opruimen, dus Fajel komt nog terug. Hij zou tegen zijn ouders kunnen zeggen dat er een lichaam ligt. Hoe moet hij dat nu uitleggen? Met vereende krachten sleept hij het lichaam voorwaarts en verbergt hem onder zijn bed, na eerst de spullen eronder vandaan te hebben gehaald. Net op tijd. Zijn ouders komen op de zolderkamer en kijken rond.

'De kluis en het raam staan open,' constateert Sven.

'Er ligt bloed van Antonio,' zegt Roos. 'Dat ga ik even opruimen.'

Dan kijkt Sven naar Benji's gezicht en zegt: 'Je komt zo dadelijk naar beneden, dan gaan we je gezicht even afspoelen met groene zeep.'

Als ze weg zijn, slaakt Benji een zucht van opluchting. Hij zoekt de tofur en vindt het. Met een doekje veegt hij de zwarte troep van zijn gezicht. Dan bekijkt hij de schade. De grote weetschijf met de kaart, die Benji tussen een groot boek heeft gestopt, is er nog. Dat hebben de dieven niet te pakken gekregen. Die heeft Antonio verborgen weten te houden. Hij bekijkt de resten van zijn robotjes in zijn rugzak. Deze zijn nu wel erg gesloopt. Hij zou er een zeer lange tijd over doen om ze in elkaar te zetten en weer werkbaar te maken. Hij hoopt dat Fajel snel terugkomt, want in een kamer met een lichaam is het niet fijn liggen. Daarna gaat hij naar beneden. Zijn vader is verbaasd dat Benji's gezicht schoon is.

'Kennelijk werkt die ziekenhuiszeep niet zo goed,' zegt Benji. 'Onze zeep doet wonderen.'

'Nou,' zegt Sven. 'Als die zwarte rommel maar van je gezicht af is. Je leek wel Zwarte Piet.'

Die nacht slaapt Benji in Antonio's bed, om niet boven het lichaam te slapen. Toch kan hij de slaap niet vatten. Niet alleen mist hij Antonio. Alle indrukken passeren de revue. Met het weetschijfje is zijn vader oppermachtig. Zal het Fajel lukken om hem te pakken te krijgen? Als hij in slaapt valt, droomt hij van Van Lippenstein, die hem vanonder het bed probeert te grijpen en wordt hij zwetend wakker. Hij vindt dit zo vervelend dat hij zijn dekbed meeneemt en beneden op de bank gaat slapen.

Fajels bekentenis

De volgende dag vindt Roos hem op de bank. Ze is één en al begrip.

'Kon je niet slapen in je kamer?' vraagt ze en zonder antwoord af te wachten vervolgt ze. 'Geen wonder, na alle gebeurtenissen en Antonio die weg is. Vandaag komt Antonio thuis. We gaan zo naar het ziekenhuis om hem te halen.'

'Dat is fijn,' zegt Benji.

'Durf je wel alleen thuis te blijven?' vraagt Roos, terwijl ze aan het ontbijt zitten. 'Anders ga je mee.'

'Nee,' zegt Benji. 'Ik ben nog een beetje moe na vannacht.'

Na het vertrek van Roos en Sven, loopt Benji naar de zolderkamer. Hij is bang dat het lichaam van Van Lippenstein is verdwenen. Zonder onder het bed te durven kijken pakt hij de rugzak met de robotjes. Beneden bekijkt hij hoe hij de robotjes in elkaar kan zetten. Op dat moment hoort hij een motor die stopt voor zijn huis. Stiekem kijkt hij uit het raam en is opgelucht dat het Fajel is, zonder motorpak aan. Hij rent naar de deur en Fajel komt op hem af stappen met een grimmige blik.

'Het is niet gelukt om Aurek te pakken te krijgen,' zegt ze. 'Hoe is het met Antonio?'

Benji laat haar binnen, terwijl hij over Antonio vertelt.

'Dus je ouders zijn hem op gaan halen?' zegt Fajel. 'Dat is mooi, dan kan ik het lichaam van Van Lippenstein rustig opruimen.'

Ze loopt meteen naar boven, gevolgd door Benji en is vol verbazing dat ze op de zolder geen lichaam aantreft.

'Ik heb hem onder het bed verstopt, want mijn ouders kwamen er aan,' zegt Benji.

'Dat is slim van je, anders hadden we wat uit te leggen,' zegt Fajel. 'Benji, haal jij de stofzuiger eens?'

Benji doet wat er gevraagd wordt en even later is er van Van Lippenstein niets meer dan een hoopje stof, dat Fajel opzuigt.

'Zo, nu zit er geen enge vent meer onder je bed. Nu kunnen we, beneden, even praten,' zegt Fajel.

Benji vertelt aan Fajel over de politie en dat hij tegen zijn ouders heeft gezegd dat zij en Aurek geheimagenten zijn en dat ze hem niet geloven.

'Dat is niet zo fraai,' zei Fajel en ze denkt na.

'Je kan toch de geheugenwisser gebruiken,' zegt Benji.

'Nee, dat kan niet meer. In het ziekenhuis weten ze van de verwonding van Antonio en de politie weet het ook. Ik denk dat we je ouders de waarheid moeten vertellen. Het is te ver gegaan om ze er buiten te laten. In ieder geval is Aurek er vandoor met het weetschijfje, vermoedelijk is hij al naar Piron om het weetschijfje te ontcijferen. Ik weet dat er een machine is die dat kan en die staat daar bij zijn werkgever. Dan moeten de wapens nog gemaakt worden. Je vader is een verrader, Benji.'

'Hoe kan dan nou?' vraagt Benji. 'Als hij meteen naar ons was toegekomen, had ik al lang dat weetschijfje gegeven. Waarom moest hij proberen ons te doden?'

'Dat weet ik niet,' zegt Fajel. 'Dat weet ik echt niet.'

'Misschien is het wel een robot,' zegt Benji en hij vertelt over het levensechte hondje Drimmel, die ook een robot bleek te zijn.

'Zijn ze al zover?' vraagt Fajel. 'Het lijkt me sterk dat Aurek een robot is. Van Lippenstein was ook een echte Efin, getuige zijn verpulvering. De verpulveraar werkt alleen op Gigons en Efins, niet op machines.'

Fajel haalde even adem en ging toen verder.

'Je vader en hij hebben alle leden van de Hunclis uitgeroeid. Ik kwam terug op Aarde enige tijd geleden en ik wist dat Aurek een verrader was. Ik besloot de anderen in te schakelen en ik zocht eerst Dagir Vonvlist, die mijn vervanger was. Ik trof Van Lippenstein. Dat was verdacht. Ik moest bloed van hem scannen om te weten of hij een Efin was. Dat lukte niet. Ik ben toen naar modehuis Mantel gegaan en trof daar een nieuwe adviseur, die in de winkel tegen de verkoopster opschepte dat hij de taken had overgenomen, omdat Dagir Vonvlist niet was op komen dagen. Ik had me niet voorgesteld en ben met stille trom vertrokken. Vervolgens ging ik naar Cezor Plugge. Die bleek in een steegje in elkaar geslagen te zijn en als gevolg daarvan overleden. Ik ging naar Berdo de Bruine. Die was thuis overvallen en doodgestoken, een maand voordat ik bij hem arriveerde. Van Tabli Kelperboer hoorde ik later dat ze was verongelukt en Noros Terlaar vond ik eerder thuis stervende. Hij wees me op de kegels, zonder nog iets te zeggen, Die kegels heb ik aan jou heb gegeven. Heb je die kegels nog?'

'Eh, ja,' liegt Benji.

'Houd ze nog even bij je,' zegt Fajel. 'Ik kom ze over een tijdje ophalen, dan kijk ik wel wat ik ermee aan moet, als er al iets mee te doen is. Kijk, Aurek de verrader kon de leden van de Hunclis gemakkelijk opsporen en vermoorden. Ik dacht dat jij wel veilig zou zijn. Ik wist niet zeker of je het weetschijfje had.'

Benji vertelt over de gebeurtenissen in Uitje-Bol, over het gesprek dat hij met Tabli Kelperboer had, over het in de val lopen op de koeienweide, over de verhuizing van Van Lippenstein.

'Ja, ze zaten er echt achteraan,' zegt Fajel. 'Dat je vader zijn eigen zoon wil vermoorden, dat begrijp ik ook niet. Ik begrijp niet dat je vader zo'n verrader heeft kunnen worden. Gelukkig kwam ik hem bijtijds weer op het spoor, zodat ik jou kon redden.'

'Hoe wist je het dan op Piron?' vraagt Benji.

'Dat hoorde ik,' zegt Fajel. 'van een gevangen Gigon. Dat Aurek nu samenwerkte met de Gigons en op weg was naar de Aarde om de leden van de Hunclis te vermoorden en het weetschijfje probeerde te achterhalen.'

'Jeetje,' zegt Benji, 'dan ben ik nog in gevaar. Als Aurek nog leeft.'

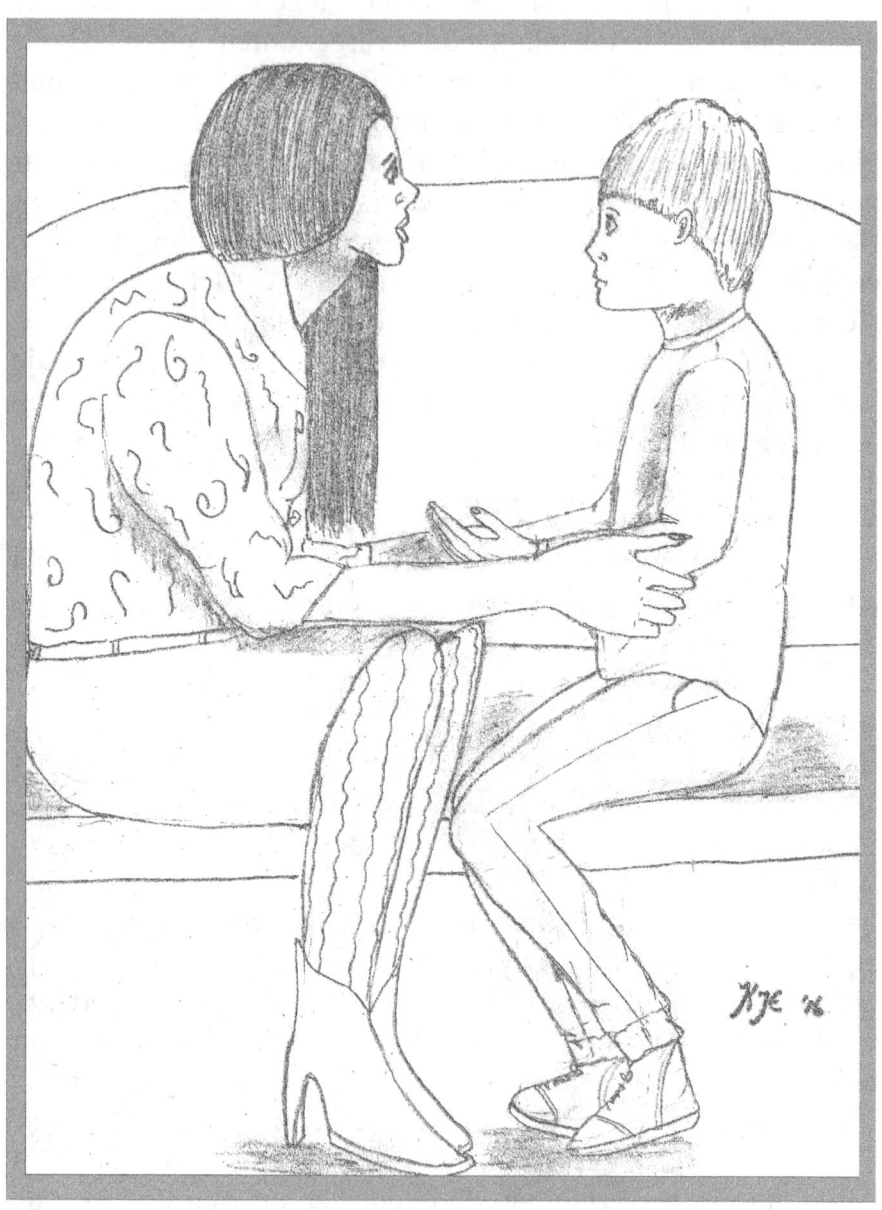

'Aurek is naar Piron,' zegt Fajel. 'Hij is ook de aangewezen persoon om de wapens van het weetschijfje in elkaar te zetten. Die heeft voorlopig geen tijd om naar de Aarde te komen. Ik kan je helaas niet beschermen. Als enig over-

160

gebleven lid van de Hunclis moet ik binnenkort naar Piron om Aurek in zijn kraag te vatten. Dus het wachten is op je ouders en Antonio. Ik wil bovendien weten wat er met Dagir Vonvlist is gebeurd.'

'Hoe wil je daar achter komen?' vraagt Benji.

'Ik het een sterk vermoeden dat ze in het vorige huis van Van Lippenstein is. Dus een anonieme tip naar de politie kan geen kwaad,' zegt Fajel.

'Wanneer kom je weer terug?' vraagt Benji. 'Hoe kan ik je bereiken?'

'Ik kom terug als ik je vader heb weten te vinden, of ik kan hem niet vinden, dan kom ik ook terug,' zegt Fajel. 'Dan zal ik onmiddellijk contact met jullie zoeken.'

'Je maakt papa toch niet dood?' vraagt Benji.

Fajel kijkt vol verbazing.

'Benji, je vader is een verrader. Wat moet ik anders?' vraagt Fajel.

'Ik denk dat het een robot is,' zegt Benji.

'Nou, dan is er toch niets aan de hand, als ik die robot buiten werking stel,' zegt Fajel.

'Stel je voor dat je de verkeerde hebt, dat je echt papa doodschiet,' zegt Benji.

'Benji,' zegt Fajel voorzichtig, 'ik denk dat als het zo is gegaan, zoals jij denkt dat is gegaan, je vader niet meer in leven is.'

Benji beet op zijn lip. Hij moest er niet aan denken, dat zijn vader, zijn echte vader, niet meer in leven is.

'Ik denk dat je vader een verrader is,' zegt Fajel.

'Dan kan je hem toch gevangen nemen en voor de rechter brengen,' zegt Benji.

'Een rechter? Dat is typisch aards, net als een advocaat,' zegt Fajel. 'Wij maken korte metten met de vijand. Dat moet ook wel, want anders wordt heel Piron opgeslokt door de Gigons en hun verraders. Ze hebben al veel gebied veroverd. Ik wil je niet zeggen waar allemaal. Het is heel erg.'

161

'Dit is schokkend, erg schokkend,' zegt Benji.

'Ja, het is ook erg schokkend,' zegt Fajel.

'Wat is er met mijn moeder?' vraagt Benji.

'Ik weet het niet, ik weet het echt niet,' zegt Fajel. 'Ik moet in ieder geval je pleegouders inlichten.'

'Moet dat echt?' vraagt Benji. 'Ze zullen het niet willen geloven.'

'Ja, dat moet echt,' zegt Fajel. 'of ze het willen geloven of niet!'

Benji zwijgt een tijdje.

'Fajel, ik vraag me al die tijd al af,' vraagt Benji. 'Wie heeft die envelop met veel geld gegeven aan Uitje-Bol en wie heeft het hekwerk vlak bij het vorstpaleis vernield tijdens onze trip in de krokusvakantie?'

'Die envelop komt van mij,' zegt Fajel. 'Vraag me niet hoe ik aan zoveel geld kom, dat is mijn geheim. Dat hekwerk zal wel vernield zijn door de Gigons, om binnen het vorstpaleis te komen. Het is voor hen een koud kunstje.'

Als Roos, Sven en Antonio thuis komen, zegt Fajel: 'Ga even zitten, ik moet jullie iets belangrijks vertellen.'

Roos en Sven gaan verontrust zitten. Ze weten dat wat Fajel hun gaat vertellen, hun hele leven zal veranderen.

Benji's bloed

Met open mond hebben de ouders van Benji geluisterd naar de bekentenissen van Fajel, aangevuld door de verhalen van Benji. Zo vertellen ze onder andere over de manier waarop Benji naar de Aarde is gekomen, over de Hunclis, over de aanval van de Gigons, over Drimmel, over Tabli Kelperboer, over de aanval van Van Lippenstein in het zwembad, over de achtervolging in de koeienweide en over Aureks rol.

Sven zegt: 'Buitenaards, buitenaards, dat is niet te geloven.'

Hij denkt dat Fajel en Benji hem in de maling nemen. Fajel weet hem, na uren, beperkt te overtuigen.

'Dus Benji is ook buitenaards?' vraagt Sven. 'Antonio wist het al die tijd al.'

'Ja,' zegt Fajel.

'Bewijs het!' zegt Sven. 'Benji ziet eruit als een gewone aardse jongen, Aurek als een gewone aardse man en jij als een aardse vrouw.'

'Wil je bewijs?' vraagt Fajel. 'Dat kan!'

Ze doet haar blouse en haar hemd omhoog en tot grote verbazing van Sven en Roos laat Fajel twee navels zien, naast elkaar.

'Mannen bij ons hebben één navelstreng bij de geboorte. Vrouwen hebben er twee,' zegt Fajel.

'Dat kan niet,' zegt Sven. 'Dat is vast een foutje van de natuur. Dit kan echt niet.'

'Toch is het zo,' zegt Fajel. 'Vandaar dat wij Efin-vrouwen hier op Aarde nooit een bikini kunnen dragen. Vrouwen bij ons hebben twee navelstrengen bij het zwangerschapsproces, die naar twee verbonden moederkoeken, oftewel placenta's gaan. Een van de moederkoeken is kleiner en draagt geen baby. Die geeft de vrouwen hun moederlijke eigenschappen. We kennen geen tweelingen of meerlingen op Piron. Heb je ooit Aurek met een baard of snor gezien, net als jij, Sven? Nee, nooit, dat komt omdat onze mannen geen baarden of snorren hebben.'

'Benji is dus een buitenaardse jongen,' zegt Sven weer. 'Waarom hebben wij dat nooit gemerkt?'

'Nou, weet je nog dat hij in het begin zo vreemd sprak,' zegt Roos.

Sven is verbluft en blijft lange tijd voor zich uitstaren. Dan zegt hij: 'Dan moeten we dat ook tegen de politie vertellen.'

'Nee!' zegt Fajel. 'Dan moet ik Benji onmiddellijk meenemen naar Piron, waar hij grotere gevaren loopt dan op Aarde. Wat denkt u dat ze met Benji doen als ze weten dat hij buitenaards is. Dan staat hij aan allerlei onderzoeken bloot, geheime onderzoeken, wel te verstaan. Wat ze dan met jullie doen, weet ik niet.'

'Dat weetschijfje dan?' vraagt Sven. 'Dat weet de politie toch ook?'

'Niet dat het buitenaards is,' zegt Fajel. 'Ik ga er trouwens binnenkort vandoor, naar Piron. Alsjeblieft, willen jullie tegenover niemand iets vertellen over deze kwestie.'

'Als de politie je wilt spreken,' vraagt Sven, 'hoe ben je dan te bereiken?'

'Ik ben niet te bereiken,' zegt Fajel. 'Ik zit ergens ondergedoken. Ik wil jullie politie niet spreken. Blijf gewoon zo normaal mogelijk doen, ook tegenover Benji. Hij is niet anders dan jullie.'

'Als Aurek terug komt om ons weer te pakken te nemen?' vraagt Sven.

'Aurek is voorlopig te druk bezig met wapens te maken, hij heeft wat hij moet hebben,' zegt Fajel. "Hopelijk kan ik hem te pakken nemen op Piron. Dan komt hij helemaal niet meer terug.'

'Als je niet terugkomt en die lui gaan hun wapens op ons richten, wat dan?' vraagt Sven.

'Dan moeten jullie naar buiten komen met je verhaal,' zegt Fajel. 'Jullie moeten dan onderduiken. Ik weet het, het is niet zo'n prettig verhaal wat ik hier breng. Jullie moeten het echter weten. Ik ga er nu vandoor en ik hoop jullie weer spoedig te ontmoeten. Pas goed op Benji en Antonio.'

'Tante Fajel, heeft u foets bij zich?' vraagt Benji.

'Ja, dat heb ik bij me, in de bagage van de motor,' zegt Fajel. 'Loop even mee, dan krijg je het.'

'Wat is foets?' vraagt Roos.

'Net zoiets als suiker,' zegt Fajel, 'maar dan een stuk gezonder.'

Ze lopen met z'n allen met Fajel mee en nemen afscheid.

Terug in het huis zegt Sven: 'Antonio en Benji, gaan jullie even naar je kamer. Ik moet even met jullie moeder praten.'

'Maar ...' zegt Antonio.

'Niets te maar!' zegt Sven. 'Naar boven jullie.'

De irritatie is er duidelijk bij Sven, dus de jongens doen wat hij zegt. Eenmaal boven gekomen sluipen ze weer naar beneden en aan de dichte woonkamerdeur spelen ze luistervinkje.

'Notabene, Antonio wist het al die tijd al,' zegt Sven, 'en heeft ons niets gezegd. Al die tijd hebben de jongens ons in de maling genomen door te zeggen dat ze gaan zwemmen. Dan naar Amsterdam gaan, of De Gerst,' zegt Sven.

'Niet te vergeten al die keren dat ze naar Weesdijk gingen,' zegt Roos. 'Het lijkt wel alsof we niet wisten waar de kinderen mee bezig waren, terwijl we bovenop ze zaten.'

'Ik vind toch dat we hiermee naar de politie moeten stappen,' zegt Sven.

'Nee,' zegt Roos, 'dat kun je niet maken.'

'Waarom niet?' zegt Sven. 'Ze zullen Benji niets doen, hoor! Het is nog een kind.'

'Hoe weet je dat?' zegt Roos. 'Het risico dat ze ons niet geloven is behoorlijk groot en als ze ons wel geloven, nog groter. Zijn bloed wijst uit dat het een buitenaardse jongen is en dat zullen ze zeker controleren.'

'Kunnen wij geen bloed bij hem afnemen?' vraagt Sven. 'Dan weten we het ook zeker.'

165

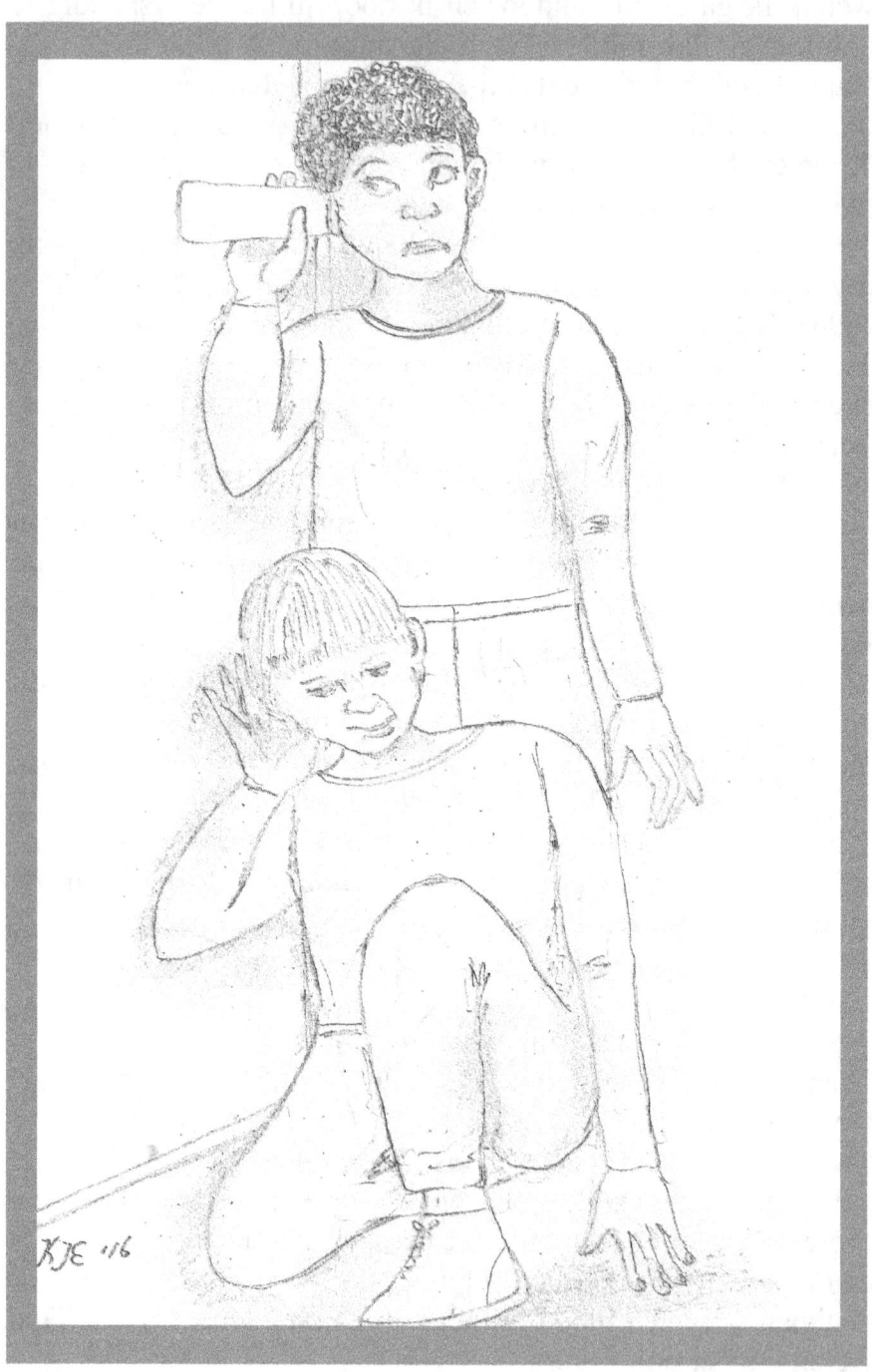

'Nee, dat kan niet,' zegt Roos. 'Hoe moet dat dan en wie moet dat dan controleren?'

'Nou ik dacht met jou spullen om suiker te prikken. Daarna ga ik naar een bevriende laborant, Evert van Steen,' zegt Sven. 'Dan weten we zeker of Fajel en Benji uit hun nek kletsen of niet.'

'Wanneer dan?' vraagt Roos.

'Als hij slaapt, dan kunnen we toeslaan,' zegt Sven. 'Voorzichtig natuurlijk. Je kunt wat slaapmiddel in de chocomelk doen, vanavond. Voordat hij naar bed gaat. Als Benji gewoon een aardse jongen is, dan is er niets aan de hand. Als hij buitenaards is, dan moeten we het aan de politie melden.'

'Nee,' zegt Roos, 'dat vind ik niet goed. Als Benji buitenaards is, dan moeten we dat verzwijgen. Hij is als een kind van ons. We hebben het Fajel beloofd.'

'Och, die beloftes aan Fajel zeggen niet zoveel,' zegt Sven. 'Wij zitten ermee. Als ze Benji willen onderzoeken, dan is hij tenminste veilig.'

'Nee,' zegt Roos, 'dat soort onderzoeken zijn niet veilig. Niet voor hem, niet voor ons. Zo zit de wereld niet in elkaar!'

'Daar kom ik later nog op terug,' zegt Sven. 'Allereerst Benji's bloed afnemen.'

'Zo,' zegt Benji die alles heeft gehoord.

'Snel naar boven,' zegt Antonio. 'Ze zijn klaar met hun gesprek.'

Ze zijn nauwelijks boven of horen de kamerdeur open gaan.

'Jullie mogen weer beneden komen, als je wil,' horen ze Roos roepen.

De jongens willen niet. Ze zitten nog na te praten over het gesprek tussen Sven en Roos.

'Ze willen mijn bloed afnemen,' zegt Benji, 'na de test wil Sven naar de politie. Hoe voorkomen we dat?'

'Nou, in ieder geval niet die chocolademelk drinken,' zegt Antonio, 'en wakker blijven!'

167

'Hoe doe ik dat?' vraagt Benji. 'Ik slaap wat minder dan mensen doen, maar slapen doe ik wel.'

'Toch wakker blijven vannacht,' zegt Antonio. 'Ik zet de wekker wel, dan lossen we elkaar af.'

Ze gaan naar beneden en willen naar het huis van K. Krelis om te kijken of het huis nu onbewoond is. Sven en Roos staan het niet toe, dat Benji en Antonio alleen op stap gaan.

'Jullie zijn te stiekem geweest,' zegt Sven. 'Al dat gelieg over het zwemmen. Jullie gaan niet alleen op stap en daarmee basta.'

Ze gaan daarom in de boomhut spelen.

De politie komt, met een heuse rechercheur en een agent. Benji en Antonio worden binnen geroepen om antwoorden te geven op de vele vragen die de rechercheur stelt.

'Er is dus al eerder ingebroken,' zegt de rechercheur. 'Liefst drie keer. Een keer in jullie huis en toen lag alles overhoop, een keer in de boomhut in Uitje-Bol, toen lag ook alles overhoop en een keer op de zolder van jullie huis. Toen lag eveneens alles overhoop. Geen enkele keer is er iets gestolen.'

'Dat klopt,' zegt Roos.

'Dus die dieven waren op zoek naar het weetschijfje,' zegt de rechercheur, 'en hebben dat ook gekregen van Antonio.'

'Ja,' zegt Antonio, 'ik werd bedreigd, dus wat moest ik anders. Ik heb het uit de kluis gehaald.'

'Dat weetschijfje is van je vader, die geheimagent is, Benji?' vraagt de rechercheur.

'Ja, dat klopt,' zegt Benji.

'Waar woont je vader?' vraagt de rechercheur.

Benji haalt zijn schouders op en zegt: 'Mijn vader was vermist. Al een hele tijd. Ineens kwam hij weer opdraven.'

'Dat klopt,' zegt de agent, die op zijn iphone kijkt. 'Hij staat hier geregistreerd als vermist. Benji is zolang ondergebracht bij de familie Guldenaar.'

'Die tante Fajel, met wie je terug kwam, en die dus de dieven achterna ging,' vraagt de rechercheur, 'waar woont die?'

Benji haalt weer zijn schouders op en zegt: 'Ik weet niet waar ze woont. Ik kwam haar toevallig tegen, nadat ik even door mijn vader was meegenomen. Ik wilde het weetschijfje thuis pakken voor Fajel. De dieven waren me voor.'

'Vreemd verhaal,' zei de rechercheur. 'Welnu, ik weet genoeg voor dit moment. We kijken naar de daders uit,' en tegen Sven en Roos: 'Als die tante Fajel op komt draven, wilt u dan tegen haar zeggen dat wij haar willen verhoren.'

'Dat zullen we doen,' zegt Roos en toen de politie weg was zei ze: 'Zie je, Sven, ze vinden het nu al een vreemd verhaal.'

'Omdat ze de helft kennen van het verhaal, ik vind het niets om tegen de politie te liegen,' bromt Sven.

Hij zwijgt, omdat hij ziet dat de jongens er bij staan.

Die avond doet Benji of hij zijn chocolademelk opdrinkt. Hij gooit het stiekem in de plant. Zoals afgesproken zet Antonio zijn wekker. Benji blijft wakker.

Even later komt Sven binnen en fluistert: 'Antonio, Benji, slapen jullie al?'

'Nee,' zegt Benji, 'ik nog niet! Wat is er?'

'O, niets,' zegt Sven en hij verlaat de kamer weer.

Na een tijd gaat de wekker af en is het aan Antonio om wakker te blijven en gaat Benji slapen. Sven komt weer binnen.

'Antonio, Benji, slapen jullie al?' vraagt hij zachtjes.

'Nee,' zegt Antonio, 'ik niet. Benji wel. Wat is er aan de hand?'

'Niets, niets,' zegt Sven en hij verdwijnt weer uit de kamer.

Sven maakt Roos wakker en zegt: 'Ik begrijp er niets van. Het lijkt wel of ze ons hebben afgeluisterd.'

'Gewoon morgennacht nog een keer proberen,' mummelt Roos, half in slaap.

De volgende nacht gaan Antonio en Benji weer omstebeurt slapen en die nacht daarop ook. Sven heeft het inmiddels opgegeven.

169

Een paar dagen later leest Benji in de krant dat er een dode vrouw is gevonden, na een tip, in de Walstraat, in Weesdijk. Ze is gevonden, begraven in de tuin.

'Dat is vast op nummer twaalf,' zegt Benji. 'We moeten er naar toe.'

'Dat is vast Dagir Vonvlist,' zegt Antonio. 'Hoe komen we daar? We mogen niet alleen weg.'

'Het voordeel is dat we niets meer voor onze ouders hoeven te verzwijgen,' zegt Benji. 'Kom mee.'

Benji laat Roos het bericht uit de krant lezen.

'Wat heb jij ermee te maken?' vraagt Roos. 'Het is beter de zaak te laten rusten.'

'Ik wil het zo graag weten!' zegt Benji.

'Nee, Benji,' zegt Roos. 'We gaan vandaag naar de stad met z'n allen, wat leuks doen, misschien naar de film.'

'Okee, dan,' zegt Benji mokkend.

Sven en Roos maken ruzie

Ze vervelen zich te pletter. Ze mogen nergens alleen heen, en zeker niet als het met Fajel of Aurek te maken heeft. Ze mogen niet alleen naar het zwembad. Dan gaat Roos mee. Of Sven. Ze mogen niet alleen naar de stad en ze mogen alleen op straat spelen als ze in zicht zijn.

Op zulke momenten verzucht Antonio: 'Had Fajel maar niets tegen onze ouders gezegd. Nu zijn ze helemaal paranoia.'

'Het is terecht,' zegt Benji. 'Misschien is Aurek niet naar Piron terug. Mogelijk werkt hij op een of andere manier de wapens hier uit.'

'Fajel zei zelf dat hij terug moest naar Piron om daar het schijfje uit te lezen,' zegt Antonio.

'Misschien kan hij dat ook hier,' zegt Benji. 'We weten niks en zolang lopen wij gevaar. Wij allemaal!'

'Als je het zo stelt, dan wel,' zegt Antonio.

Ze spelen buiten een partijtje voetbal in de straat en zien Sven voor het raam staan. Zowel zijn arm als die van Antonio is nog niet beter. In de nacht slapen Benji en Antonio beiden weer. Ze denken dat het gevaar is geweken. Sven is de kamer ingeslopen en ziet zijn kans. Een klein beetje bloed, dat moet te doen zijn. Hij gebruikt de spullen van Roos, die een lichte vorm van suiker heeft, voor een vingerprik. Heel voorzichtig pakt hij de slapende hand van Benji en doet een prikje in zijn wijsvinger en nog een prikje in zijn middelvinger. Hij beseft dat hij te weinig bloed heeft en pakt de andere hand om hetzelfde te doen. Dan wordt Benji wakker.

'Paps, wat doe je?' vraagt Benji verbijsterd.

'O, sorry Benji, ik wilde wat bloed van je,' zegt Sven.

'Vuile stiekemerd,' zegt Benji en roept: 'Antonio, Roos!'

Sven staat daar verlegen terwijl Antonio ook wakker wordt.

'Paps, dat doe je toch niet!' zegt Antonio.

Roos komt sloffend de kamer in en wrijft in haar ogen.

'Zo, dus je bent betrapt, Sven,' zegt ze, kijkend naar haar man met het buisje met een beetje bloed in zijn handen.

'Eh, ja!' zegt hij, schamend met zijn hoofd naar beneden.

'Dat is ook de oplossing niet!' zegt Roos. 'Benji moet gewoon mee naar die bevriende laborant van je en zich goed laten prikken.'

'Ik wil niet mee,' zegt Benji.

'Het is voor je eigen bestwil, Benji,' zegt Roos. 'Dan kunnen we kijken of je echt een buitenaardse jongen bent.'

'Het is niet voor mijn eigen bestwil,' zegt Benji. 'Zodra jullie het zeker weten, willen jullie mij uitleveren aan de politie!'

'Zie je wel dat hij alles heeft gehoord,' zegt Roos. 'Sven wil alles aan de politie vertellen. Ik wil dat beslist niet.'

'Ik ook niet meer. Ik vind het echter verdomd moeilijk om te liegen tegen de politie. Dat ben ik niet gewend,' zegt Sven.

'We kunnen Benji ook niet dwingen om bloed af te staan,' zegt Roos. 'Dan is er nog iemand, die bevriende laborant, die op de hoogte is.'

'Ja, dat is zo,' zegt Sven. 'We laten het onderwerp voorlopig rusten.'

Zo vertrokken Sven en Roos weer.

'Tjee,' zegt Benji. 'Die ouders van je worden net zo gek als Aurek!'

'Je hebt het ook over je eigen pleegouders,' zegt Antonio.

'Beetje mijn bloed verzamelen om te weten of ik echt buitenaards ben,' zegt Benji. 'Ik vertrouw Roos wel. Sven niet. Misschien gaat hij inderdaad naar de politie als hij het weet.'

De volgende dag gaat Sven toch, zonder het te zeggen, naar Evert van Steen, met het buisje bloed. Roos is op een studiedag voor school, dus daar heeft hij geen last van. Hij vertelt tegen Evert van Steen, dat hij snel het bloed van Benji getest wil hebben, omdat die zich de laatste tijd niet fit voelt en het via de huisarts te lang gaat duren.

'Daar kan ik niets mee,' zegt Evert. 'Ik moet veel meer bloed hebben. Mijn vrouw kan prikken. Zal ik haar even naar jullie toe sturen.'

'Ja, dat is goed,' zegt Sven.

Benji en Antonio hebben het rijk alleen. Ze blijven echter thuis. Het regent, dus ze hebben niet veel zin om buiten te spelen. Ze weten ook niet hoe lang Sven wegblijft. Hij is even naar de bakker. Als Sven terug komt is hij zeer vrolijk. Hij heeft warme saucijzenbroodjes bij zich en tracteert de jongens. Net hebben ze het broodje op, of er wordt aangebeld. Sven doet open en komt even later met een dame in de kamer. Ze draagt een koffertje bij zich.

'Deze dame komt even wat bloed bij je afnemen,' zegt Sven.

'Aan me nooit niet,' zegt Benji en hij rent naar de tuin en klimt in de blokhut.

Sven volgt hem.

'Benji, toe nou,' smeekt Sven. 'We moeten weten welke ziektes je hier hebt opgelopen.'

'Nee, je wilt alleen weten of ik echt een buitenaardse jongen ben,' zegt Benji. 'Je zei dat we het voorlopig moeten laten rusten.'

'Ja, dat voorlopig is vannacht. Roos vindt het prima dat ik die mevrouw erbij heb gehaald. Toe, Benji, ik zal heus niet naar de politie stappen. Ik wil je niet kwijt,' smeekt Sven.

Benji komt uit de boomhut en zegt: 'Jullie willen gewoon weten of Fajel de waarheid heeft gesproken of ik echt een buitenaardse jongen ben. Welnu, als dit de enige manier is om het te bewijzen, zal ik het bewijzen.'

Hij volgt Sven, die nu opgelucht is. De mevrouw met de prikspullen zit ongeduldig te wachten.

'Zo, heb je hem eindelijk kunnen overhalen?' vraagt ze.

Ze haalt de naald en wat buisjes tevoorschijn.

'Evert heeft morgen de uitslag al en die geeft hij rechtstreeks aan jullie,' zegt ze.

Ze prikt Benji, die zijn gezicht vertrekt van pijn. Ze tapt zes buisjes bloed van hem af.

'Zo, dat is gedaan,' zegt ze. 'Ik ga weer, toedeloe.'

'Op mijn planeet doet het geen pijn,' zegt Benji. 'Daar scannen ze het bloed.'

'Hier zijn we op Aarde,' zegt Sven. 'Sorry, Benji. Het leven op Aarde doet soms pijn.'

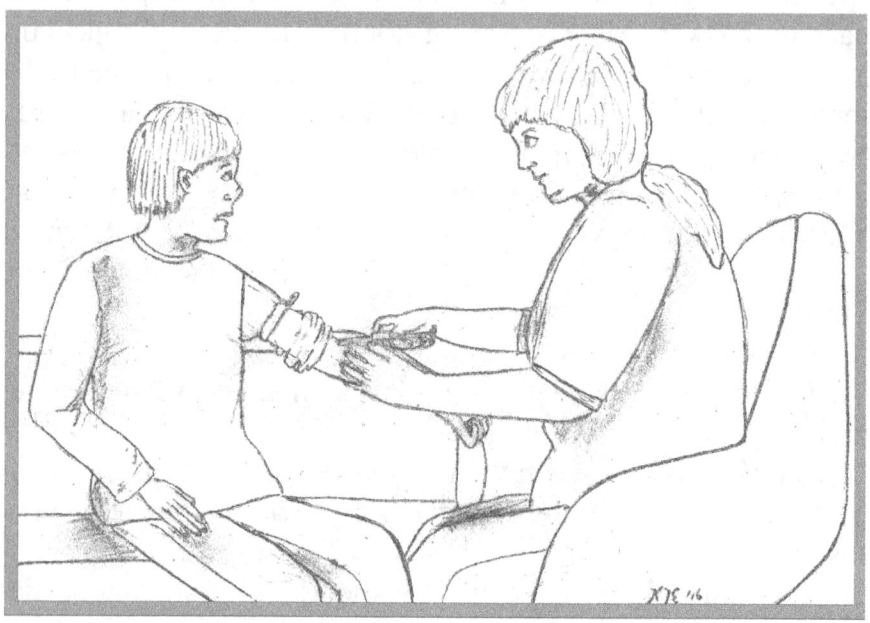

Als Roos thuiskomt wordt ze erg kwaad op Sven, omdat hij toch heeft laten prikken. Ze is zo kwaad dat ze het eten wat Sven heeft gemaakt laat staan en boos naar de slaapkamer gaat. Benji beseft dat Sven tegen hem heeft gelogen, wat Roos haar toestemming betreft, en wantrouwt hem meer dan ooit. Hij kijkt boos naar Sven.

Sven merkt dat en zegt: 'Benji, ik stap echt niet naar de politie. Ik wilde eerst wel. Roos heeft me overtuigd om het niet te doen.'

Benji zwijgt. Hij is nog steeds boos en verdwijnt naar zijn kamer. Zijn arm bezit een lelijke zwarte plek. Hij laat hem later op de avond aan Antonio zien.

'Jee, wat is dat een lelijke plek,' zegt Antonio. 'Normaal gesproken hoort het blauw te zijn. Bij jou wordt hij zwart. Dat is niet normaal.'

'Dat is wel normaal bij mij,' zegt Benji. 'Wij krijgen geen blauwe plekken, maar zwarte plekken.'

De volgende dag is Roos nog steeds boos. Ze ontbijt niet. Sven is ook zwijgzaam. Hij heeft op de bank geslapen.

'Ik ga nu weg om de uitslag te horen,' zegt hij.

Niemand geeft hem een antwoord. Sven haalt zijn schouders op en vertrekt. Als hij is vertrokken barst de discussie los.

'Waarom heb jij je laten prikken?' vraagt Roos.

'Omdat hij bleef zeuren,' zegt Benji. 'Ik kan het niet uitstaan dat jullie Fajel en mij niet geloven. Dan moet ik het bewijzen, nietwaar?'

'Is dat de enige manier waarop je dit kan bewijzen?' vraagt Roos.

'Hoe dan? Ik heb geen dubbele navel, ik lijk op een aardse jongen,' zegt Benji. 'De taal die ik in het begin sprak is de efinse taal. Ik kan het nog,' en Benji zegt wat in de efinse taal.

'Dan heb ik mijn robotjes nog,' zegt Benji', 'wacht even!'

Benji gaat naar boven en haalt de robotjes, of wat er nog van over is.

'Sommige onderdelen zijn helaas stuk,' zegt Benji, 'Ik kan je toch wel iets laten zien en horen.'

Benji doet het kleine teken van de Hunclis in Lalp en de robot braakt de efinse taal uit. Lalp is de enige robot die hij enigzins in werking heeft kunnen stellen. Hij laat de foto's zien die Trot heeft gemaakt van het huis van K. Krelis en de verrekijker en de telescoop. De rest van Trot is kapot. Hij laat het mes van Gurk zien, de rest van Gurk is helaas ook kapot en Dips is helemaal stuk. Het is Benji nog niet gelukt de boel te herstellen en hij vraagt zich af of hij ze nog kan herstellen. Hij laat ook de zwarte plek op zijn arm zien en legt uit dat de Efins geen blauwe plekken, maar zwarte plekken krijgen en dat dit vrij kort duurt. Dit omdat de zwarte bloedlichaampjes naar de beschadigde plek gaan om het te helpen herstellen. Roos raakt na de bezichtiging van de robotjes en de zwarte plek wel overtuigd.

'Dat zou ook verklaren waarom die leerkracht van de Hermelijn je niet kende, Benji,' zegt Roos.

Dan komt Sven thuis, met een sip gezicht.

'Ik ben Benji laten testen op diverse waarden, rode en witte bloedlichaampjes, glucose, lever, nieren enzovoort. Ten eerste heeft hij niets van glucose in zijn lichaam, wat al vreemd is en heeft Evert behalve rode en witte bloedlichaampjes ook zwarte bloedlichaampjes en vreemd dna in zijn bloed gevonden! Evert vindt dit zo raar, dat hij aanneemt dat er vervuiling in het bloed is gekomen en of we de test opnieuw willen doen. Ik heb gezegd dat ik dan liever bij de huisarts wil laten testen. Ik weet in ieder geval wat ik weten moet. Benji is inderdaad een buitenaardse jongen!'

'Zie je wel,' zegt Benji.

'Als Benji glucose, dus suiker eet, waar laat hij het dan?' vraagt Roos.

'Wellicht is daar een ander stofje voor, dat wij niet kennen,' zegt Sven.

'Dat neemt niet weg, dat ik nog steeds boos op je bent,' zegt Roos en ze keert zich van Sven af.

De spanning is om te snijden en Benji en Antonio vluchten naar hun kamer.

De lucht klaart in de navolgende weken weer op. Benji en Antonio moeten weer naar school. Dit keer een nieuwe school. Ze hebben geluk, Antonio en Benji zijn beiden geplaatst in groep zeven, in dezelfde klas. Roos heeft daar ook een nieuwe baan gevonden. Antonio en Benji worden elke dag door Sven gehaald en gebracht, wat ze erg vervelend vinden.

'Het is nodig,' zegt Sven. 'Zolang Aurek nog niet is gepakt, kan hij terugkomen. We moeten goed opletten.'

'We kunnen heus wel op onszelf passen,' zegt Antonio.

'Dat weet ik wel,' zegt Sven, 'maar jullie zijn me dierbaar en ik wil niet dat jullie iets overkomt.'

Sven is inderdaad niet naar de politie gegaan en dat is een opluchting voor Benji en Antonio. Ze maken snel veel vrienden op school en in de boomhut vervult Antonio zijn idee om een club geheimagenten te spelen. Dat Benji en Antonio steeds naar school worden gebracht door Sven, is vanwege veiligheidsredenen. Antonio vertelt tegen de club vrienden dat Sven een beveiligingsman is, die gewoon in huis woont. Dat lijkt de groep te slikken, totdat Sven hen roept voor het avondeten.

'Oja, hij maakt ook het eten klaar,' zegt Antonio.

'Ha ha, is het niet gewoon je vader,' zegt een van de vrienden.

'Nee, natuurlijk niet. Kijk naar de huidskleur,' zegt Antonio.

De vrienden vertrekken lachend en zeggen tegen Sven: 'Dag mijnheer Guldenaar.'

Ze hebben Antonio door. Dat mag de pret niet drukken.

Benji kijkt op een avond naar de sterren uit het zolderraam. Hij zegt tegen Antonio: 'Ik geloof gewoon niet dat mijn vader een verrader is.'

'Waarom niet? Hij heeft het bewezen,' zegt Antonio.

'Hij zei op mijn vraag of het wel mijn vader was "misschien wel, misschien niet". Mogelijk is het wel een dubbelganger, of een robot of ik weet het niet,' zegt Benji.

'Hoe wist je ahum, vader dan van de leden van de Hunclis?' vraagt Antonio.

'Misschien heeft hij dat in gevangenschap los moeten laten,' zegt Benji. 'In ieder geval is mijn echte vader geen verrader. Ik ben bang dat als Fajel mijn echte vader vindt, ze hem dood maakt.'

'Misschien is hij al dood,' zegt Antonio. 'Je echte vader.'

Benji zwijgt. Daar wil hij niet aan denken.

Plattegronden en tekeningen Uitje-Bol

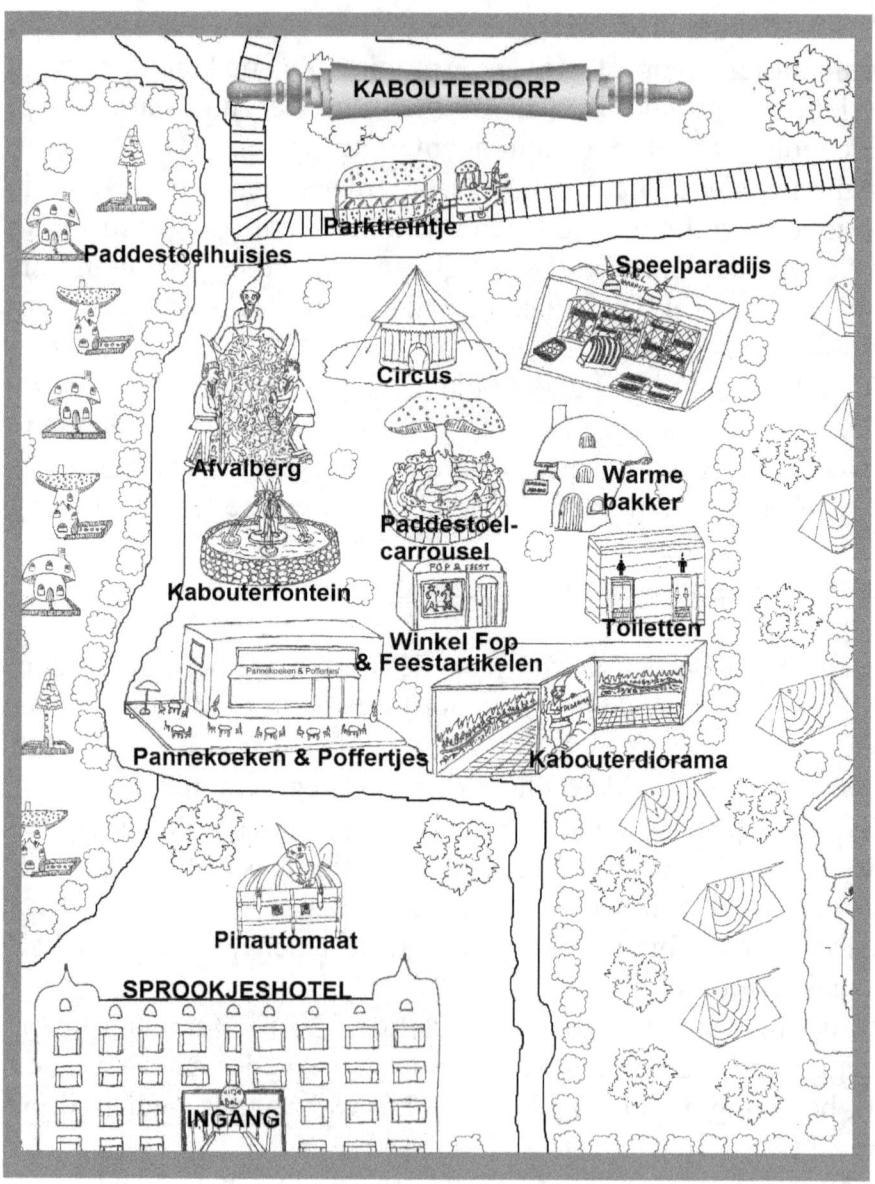

Benji en Antonio in het kabouterdiorama

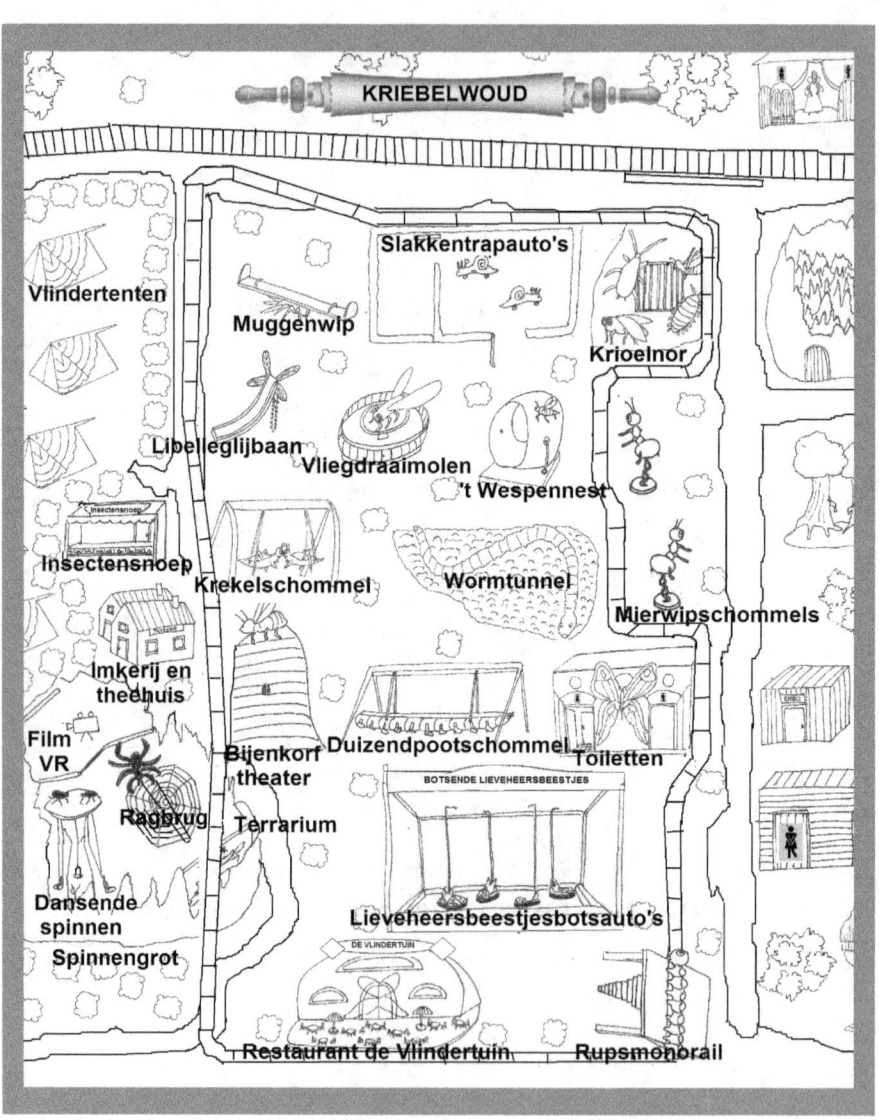

KRIEBELWOUD

Vlindertenten

Slakkentrapauto's

Muggenwip

Krioelnor

Libelleglijbaan

Vliegdraaimolen

't Wespennest

Insectensnoep

Krekelschommel

Wormtunnel

Mierwipschommels

Imkerij en theehuis

Film VR

Bijenkorf theater

Duizendpootschommel

Toiletten

Ragbrug

Terrarium

BOTSENDE LIEVEHEERSBEESTJES

Dansende spinnen

Spinnengrot

Lieveheersbeestjesbotsauto's

DE VLINDERTUIN

Restaurant de Vlindertuin

Rupsmonorail

180

Benji en Antonio op de Ragbrug in de Spinnengrot

TROLLENBOS

Grottendoolhof

Trollenmoeras

Boomtapperij

Trollen-snackbar

Supermarkt

Boomhutten

Openluchttheater

Boomstamfietsjes

EHBO

Toiletten

182

Benji en Antonio in de boomtapperij

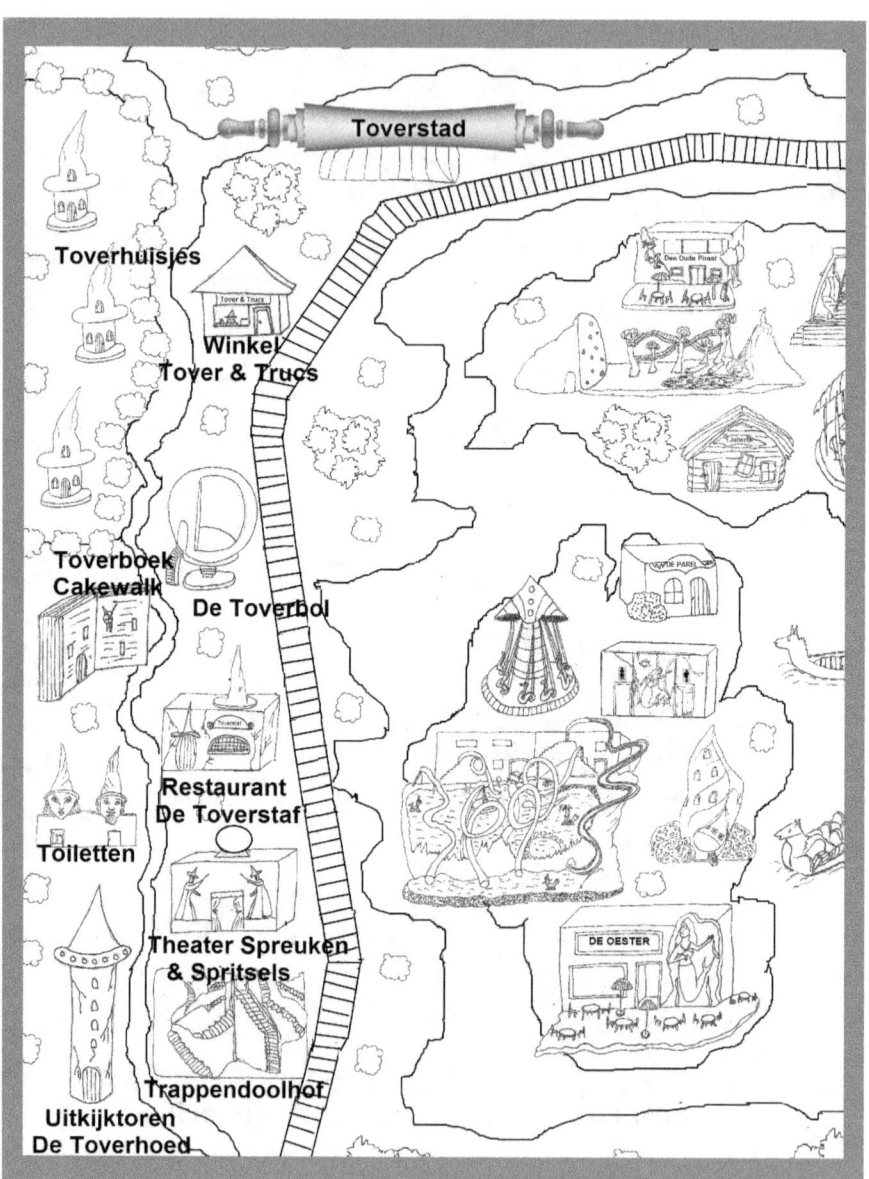

Toverstad

Toverhuisjes

Winkel
Tover & Trucs

Toverboek
Cakewalk

De Toverbol

Restaurant
De Toverstaf

Toiletten

Theater Spreuken
& Spritsels

Trappendoolhof

Uitkijktoren
De Toverhoed

184

Antonio in het cakewalk-toverboek

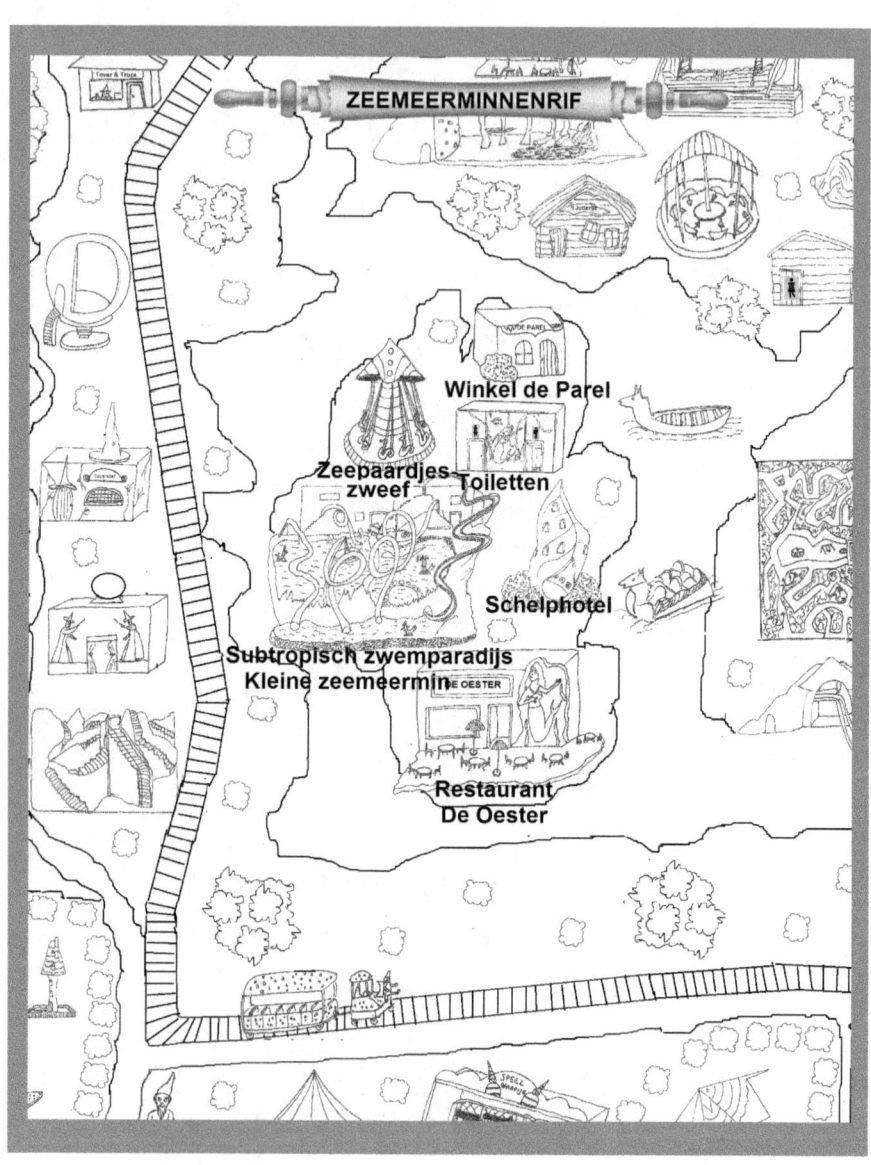

ZEEMEERMINNENRIF

Winkel de Parel

Zeepaardjes zweef · Toiletten

Schelphotel

Subtropisch zwemparadijs
Kleine zeemeermin

Restaurant
De Oester

Benji en Antonio in het subtropisch zwemparadijs

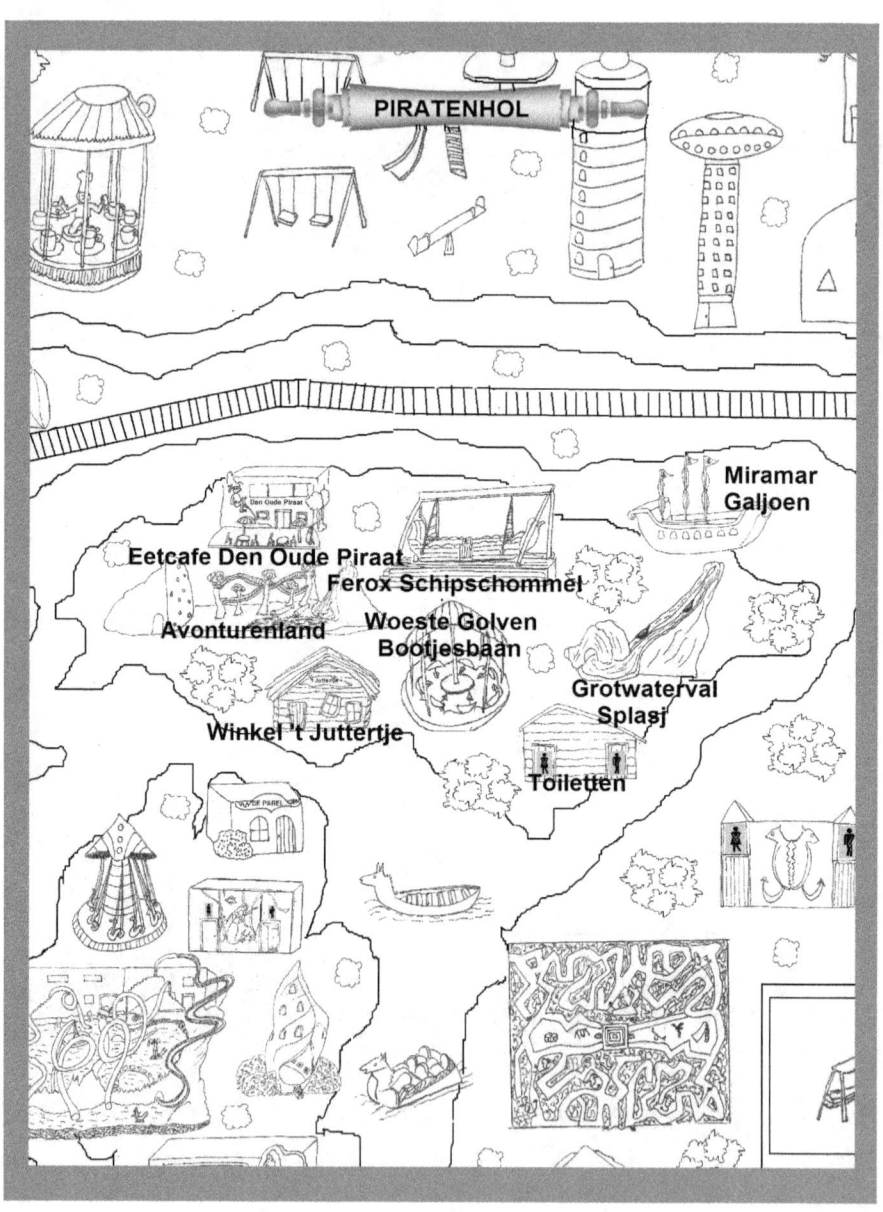

PIRATENHOL

Miramar Galjoen

Eetcafe Den Oude Piraat

Ferox Schipschommel

Avonturenland

Woeste Golven Bootjesbaan

Grotwaterval Splasj

Winkel 't Juttertje

Toiletten

Benji en Antonio in de Woeste Golven, bootjesbaan

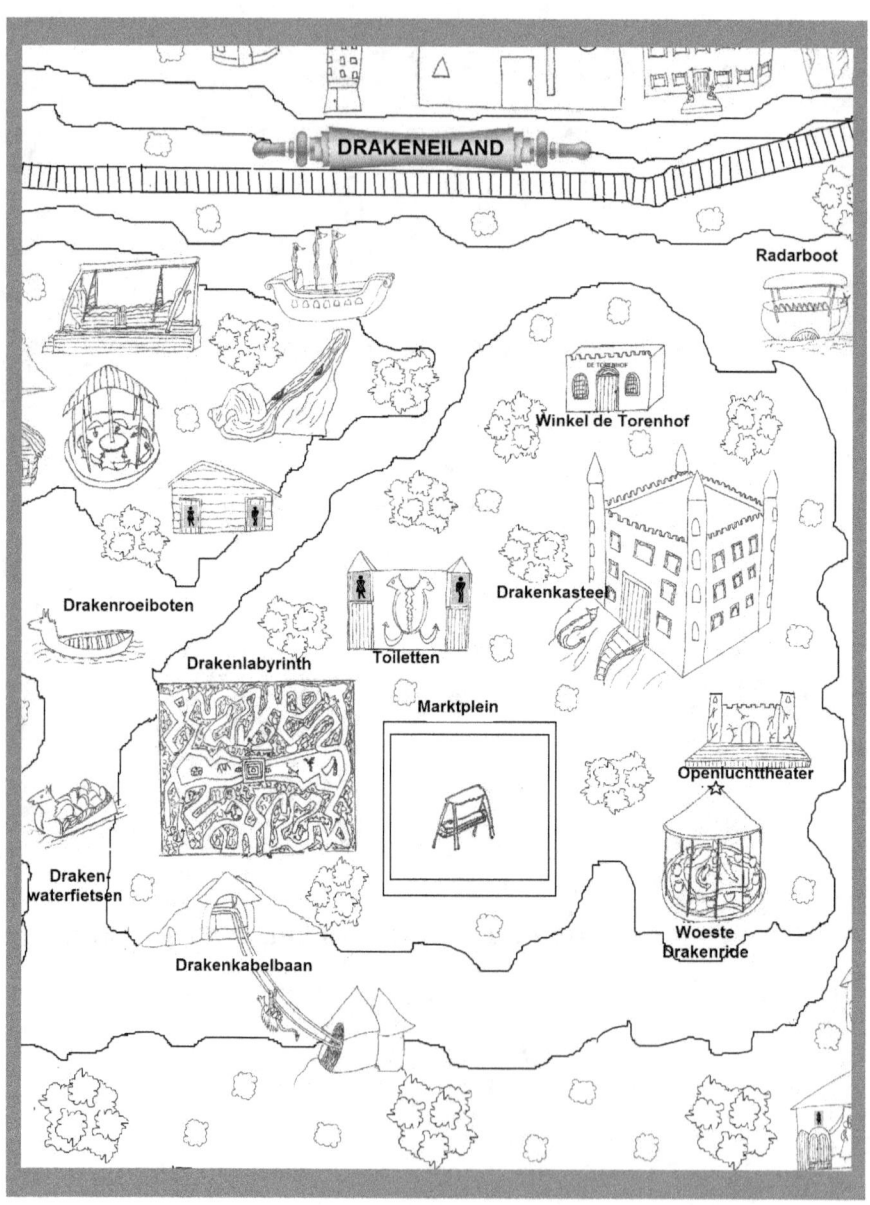

DRAKENEILAND

Radarboot

Winkel de Torenhof

Drakenroeiboten

Drakenkasteel

Toiletten

Drakenlabyrinth

Marktplein

Openluchttheater

Draken-
waterfietsen

Woeste
Drakenride

Drakenkabelbaan

Benji en Antonio in de Woeste Draak

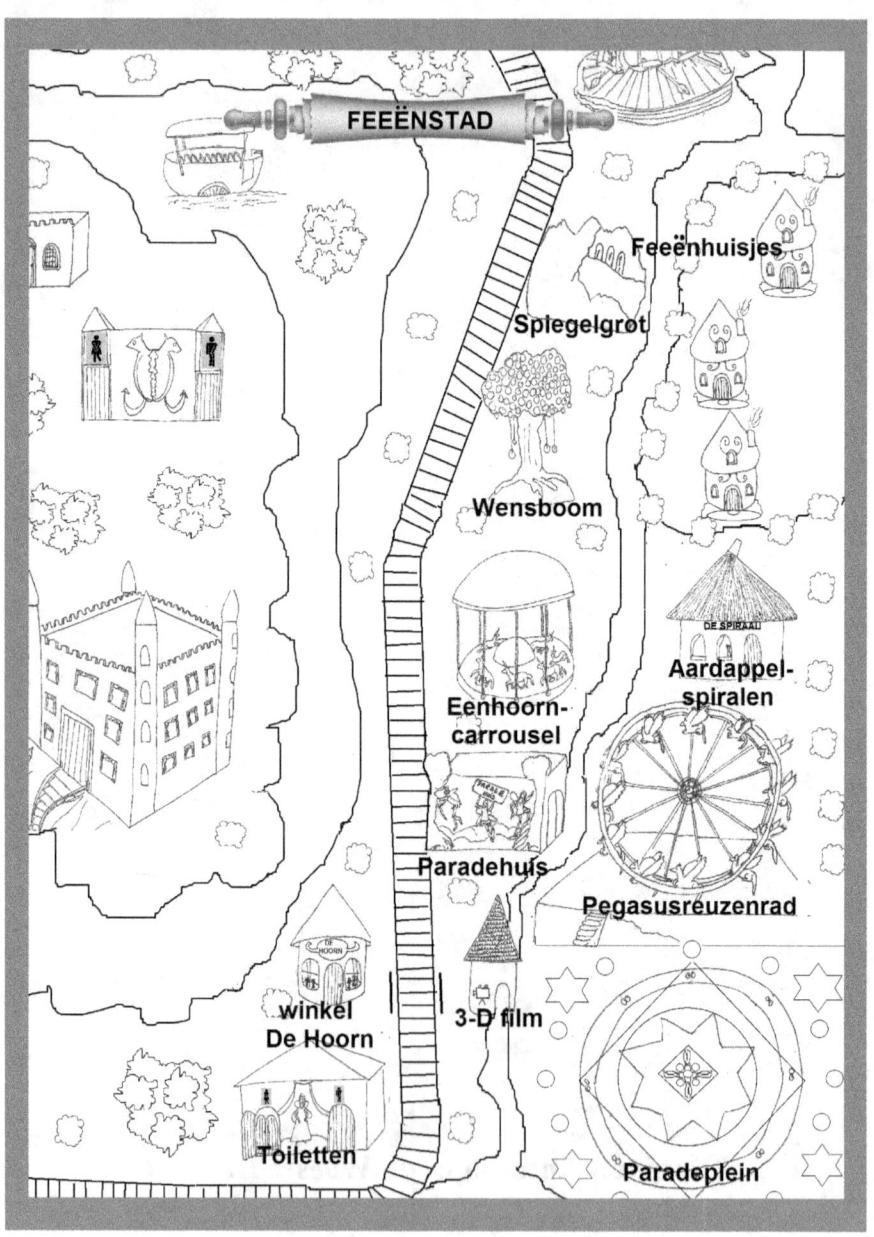

FEEËNSTAD

Feeënhuisjes

Spiegelgrot

Wensboom

Aardappel-spiralen

Eenhoorn-carrousel

Paradehuis

Pegasusreuzenrad

winkel De Hoorn

3-D film

Toiletten

Paradeplein

Benji en Antonio in het Pegasus-reuzenrad

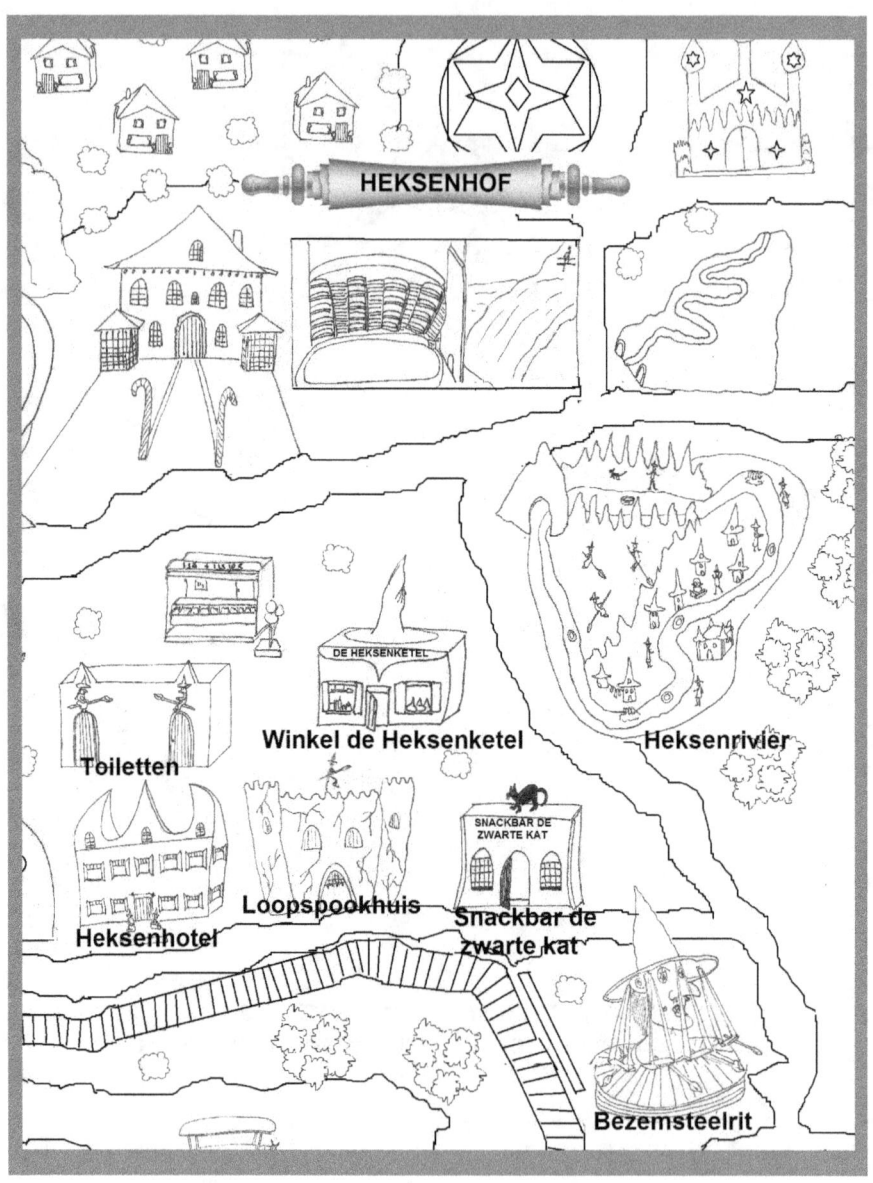

HEKSENHOF

Winkel de Heksenketel

Heksenrivier

Toiletten

Loopspookhuis

Snackbar de zwarte kat

Heksenhotel

Bezemsteelrit

Benji, Antonio en ouders in de Heksenrivier

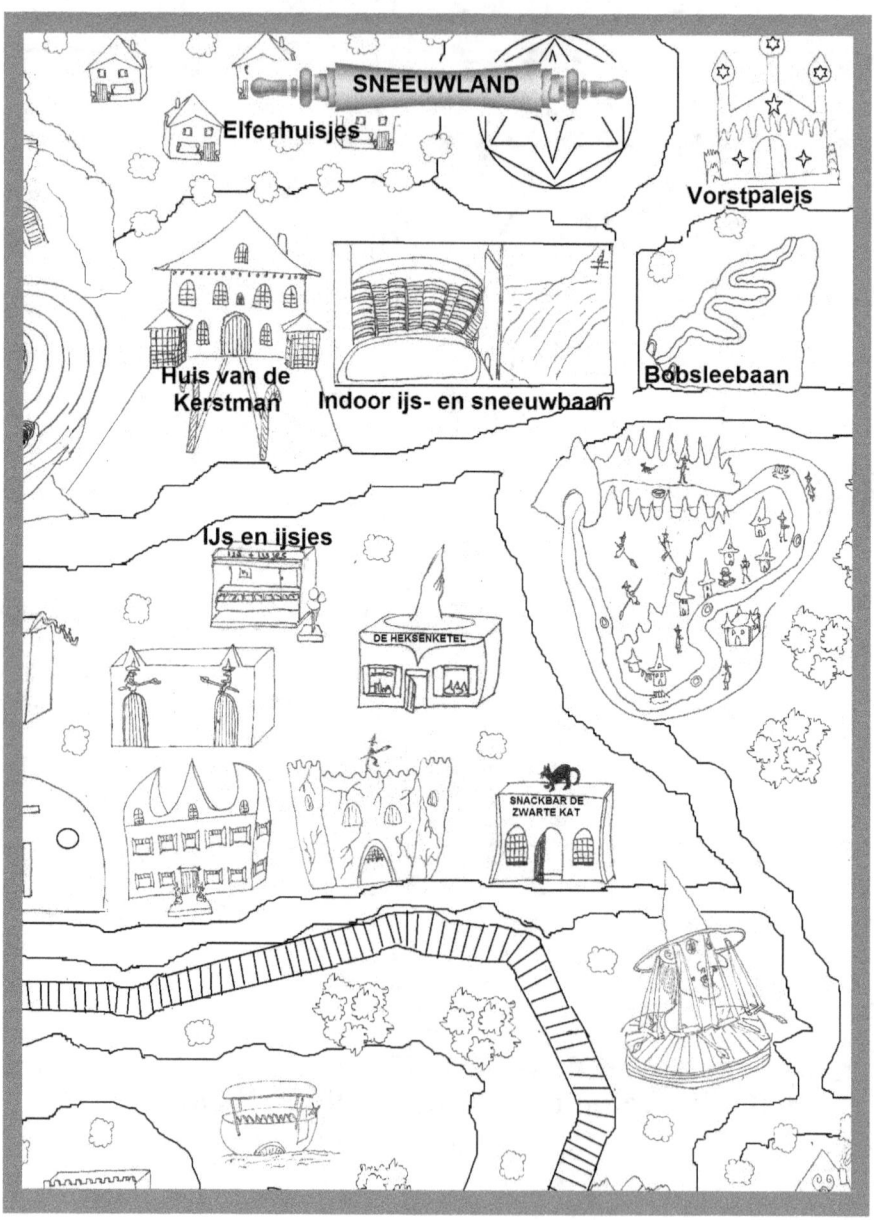

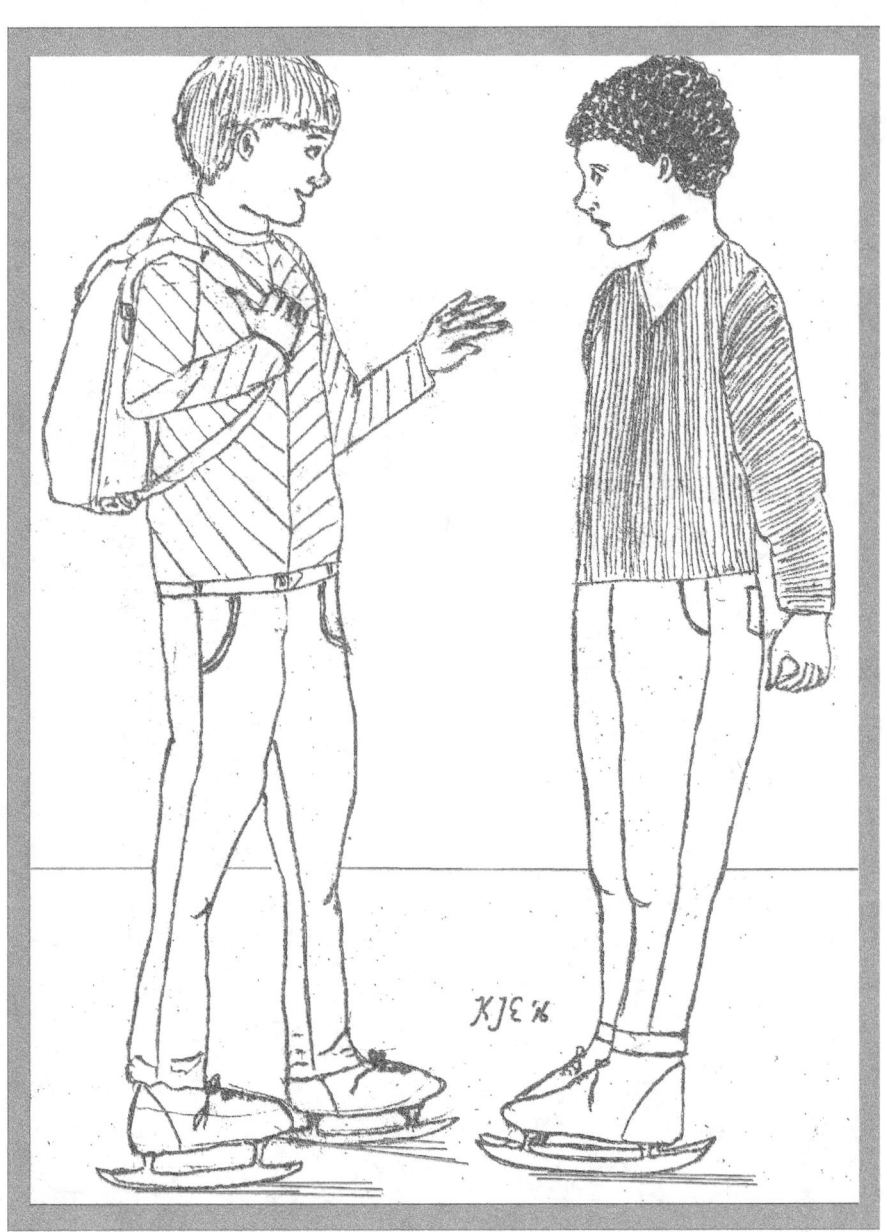

Benji en Antonio op de indoorschaatsbaan

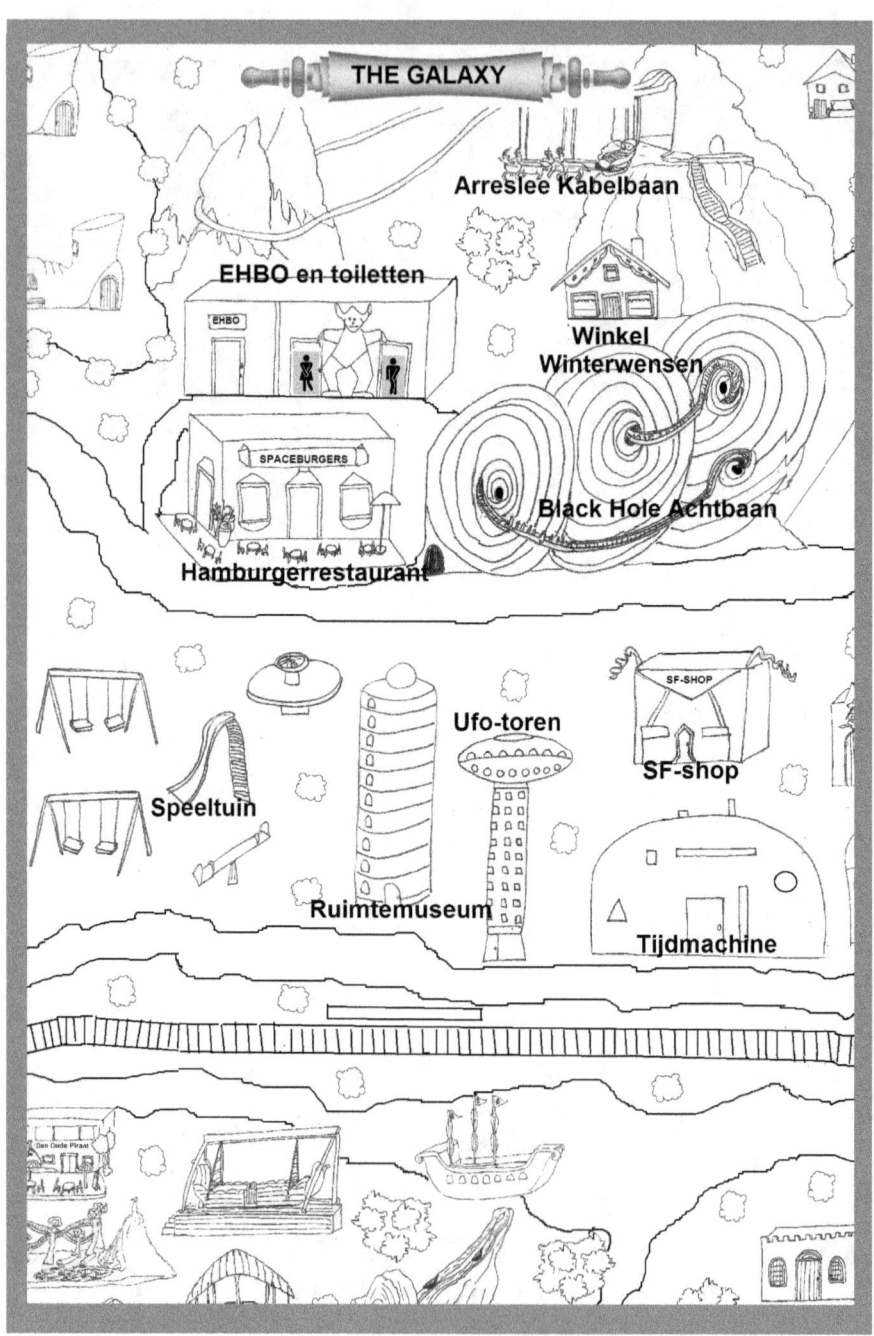

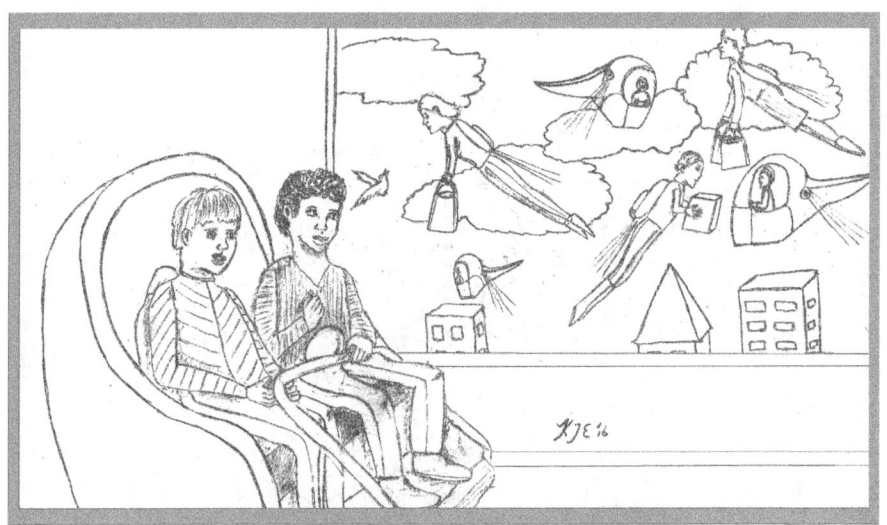

Benji en Antonio in de tijdmachine

REUZENDORP

Schoenhuisjes

Restaurant

Reuzenhuis

Winkel Reuzekeuze

Toiletten

Vazal de Reus

Reuzenkommen carrousel

Pinautomaat

200

Benji en Antonio in het reuzenhuis

www.ingramcontent.com/pod-product-compliance
Lightning Source LLC
Chambersburg PA
CBHW051136020726
47501CB00005B/1542